被沒收的
地球儀

裴在美

目次

自序

我一直是個飄泊的人。

年輕到還是一個孩子，而且甚麼都不會，包括吃苦，也沒有任何技能，我卻執意離家，還是帶著一去不返的決絕。數年後，我回來，這個地方卻再度向我證明了它的可怖。於是再次離家，這一回，飄移對我而言，已經不是出走，而是歸屬。

對於飄泊，我沒有抱怨，只有咀嚼。飄泊的人往往更能從旅人的角度看待事物，從而發現不同的元素，變得更同情寬容，更容忍，也或者更狂野。世界對我們來說，或許因而變得不一樣些，更立體些，或更變形。

這本小說集裡寫的也多是飄泊的個體，或在時局和命運中打轉的人（那誰不是呢？）

比較特別的是，這本書中，除第一輯外，其他篇章不是與時事連結，就是圍繞真實新聞事件編寫的虛構故事。

之所以如此，歸根結柢，我以為人的虛構能力其實是有限的。

小說自然是虛構。它與我們總在尋找真實，企圖琢磨出事物核心的過程似乎背道而馳。然而在虛構中，它卻能詭異地層層剝離贅物，接近核心，甚至有著解讀龐雜充滿迷霧現實的魔力。

因此我希望，通過這種真實與虛構交融的混合，能讓我們有如生出羽翅般飛翔在解讀現實的高空視野中，鳥瞰人生。

Paris Taipei Alaska New York

輯一

Paris Taipei Alaska New York

New York
Taipei Alaska
New York
Alaska

搭便車

一九七〇年代初期，一個三月底的日子。美國東部的一個小鎮上，有兩個台灣來的孩子，一男一女，看起來不小了，其實都還不滿二十歲，站在路邊伸著大拇指招便車。

凜冽的風裡，他們靠著一棵枯枝椏的樹與髒兮兮的積雪，並排站著。汽車一輛輛打他們面前經過，總有七、八分鐘之久，沒人停車。他們依舊堅持著，似乎沒有放棄的跡象。

這時馬廷剛好路過，一看是對東方年輕人，沒多想，便停下車來。

馬廷問他們要去哪，兩人卻說不出個所以然來。

先上車再說吧。

他們高興地上了車。馬廷車子的排檔還是裝在方向盤上的那種。於是兩人一併擠進前座。

女孩英文說得還可以，男孩的聽力較好些，兩人對付著，居然也可以和馬廷聊上天來。

原來他們到美國才一星期，千里迢迢來預備投靠親戚，卻因雙方家庭早有齟齬，一來即與親戚鬧翻。由於不得已，也是氣不過，二人遂獨自來到這個註冊學校的小鎮，總算運氣還行，找到一老太家暫住。他們吃完午飯即出門逛去，剛開始興致頗高，一路下來越走越遠，直到女孩走不動了，兩人便興起搭便車的主意。

馬廷反正無事，見他倆也無處可去，索性載著他們亂轉。

他們問馬廷幹的是哪行？

這個生就一張娃娃臉的中年男人，眨眨他的藍眼睛，說：

我周遊列國，才從中南美洲回來。我寫作，也踢得一腳好足球。喜歡自由自在，離群索居。有個漂亮太太，三個孩子，加上一條狗。

兩個孩子一聽，立刻說：你是藝術家？

不。馬廷俏皮地說：我現在以捕魚為業。

車子轉進一條巷道，兩側是極普通的中產階級住宅，雖然有些年歲，不過保持得還算不錯。可在這兩個孩子眼裡看來，這樣的環境已是相當有水準的了。起碼，比他們暫租的那個老太房子要強許多。

吶，馬廷偏著頭指著說：現在我暫住父親和姊姊家——這本來也是我的家——我在這個鎮上出生長大。可惜我天生不喜安定，大學沒念完不說，也沒照我爸的意思去當律師。

男孩女孩露出雀躍的笑容，不只因為遇上好人給他們便車搭，見馬廷如此瀟灑不羈，感覺像是遇到了知音。話便多了起來。用有限的英文，述說他們的抱負。終於馬廷聽明白了，他們喜歡文學和藝術，男孩打算學哲學，女孩想當藝術家。

兩人滿臉都是夢想。馬廷懶懶回應，心想打碎別人的美夢畢竟沒甚麼意思。一邊盤算著如何打發這個無聊的下午，與其回家看老婆管家帶孩子，不如帶這倆孩子四下逛去。

馬廷閒閒地開著車，用一隻右手熟練地操縱方向盤。女孩見狀立刻有了主意，遂問馬廷是否能教他們開車？她的理由是：考了駕照，有了車，就有獨立行動的自由了。

大部分的自由來自這裡。

馬廷指指自己的腦袋瓜。不過，他也同意女孩的主張，畢竟在這裡，尤其在這鄉下，不會開車是行不通的。於是他將車開上一條僻靜的山邊小路，暫且當起駕駛教練。

男孩不笨，很快就能開穩了。

這個春寒料峭的下午，絲絲冷風從車縫裡灌了進來，山路的兩邊是大片灰枯枯的樹林。馬廷任由男孩開了幾個回合，教著教著，漸覺不耐起來。

馬廷遂說：一天不能學得太多，否則會有反效果。

於是馬廷將車開回鎮上，停在他姊姊家巷口對面一間亮著霓虹燈招牌的酒吧前。兩個孩子跟著下了車，搞不清馬廷到底要帶他們去哪。

乍走進昏黯的酒吧間，煙霧瀰漫，燈光幽冥。音樂四面八方湧來，人聲笑聲雜沓。兩個孩子穩住腳步，只見馬廷一路頻頻與人招呼，然後跳上高腳凳，與酒保寒暄起來。問明白兩人的年齡，為他們點了可樂。

不一會又來了潛艇麵包三明治，兩個孩子邊吃邊打量這個陌生的所在：地下撒滿米糠，結實厚重的木桌椅、彩色玻璃的花罩燈；到處是留著長鬚長髮的男子，兩眼無神卻神情浪蕩的女人。一張張深沉又淡漠，色彩清白的面孔，在喧譁的吉他樂聲以及吵嚷俚俗的交談中浮游。

馬廷傳過來一支細細的菸捲，兩個孩子試了兩口之後，沒一會兒，便顯得自在多了。女孩感到頭腦發暈，一種好玩的暈眩。男孩忽然興致勃勃地加入了馬廷和酒保的談話，卯足勁兒地使用英語交談起來。

女孩跳下高腳凳，想溜進廁所清醒一會。可她傻了，在兩間廁所的門板上，哪有甚麼男用女用的字樣，也沒有禮帽和女用手套這類的象徵圖像。門上只畫了兩個符碼，一個是♂，另個則是♀。她只好開始胡猜，琢磨良久，還是沒猜透。稍後看到一個大鬍子從♂的門裡出來。她這才敢放心地推開♀的門進去。

馬廷在離開酒吧之前，打了電話回去，告訴太太朵麗，說要帶兩個外國客人回家吃夜飯。

*

馬廷全家以及他的狗，都暫住在姊姊瑪瑞家。瑪瑞自己有兩個女兒，她離婚後一直與父親史老先生同住。史老先生是律師，每天仍舊進城上班，瑪瑞多年來也一直在城裡做事。

所以，等到馬廷帶著他的客人到達的時候，已經是一屋子人，非常熱鬧了。

朵麗和瑪瑞把小孩子統統移到客廳裡去。

她們在廚房邊的餐廳裡開出一個小小的飯局。拿出待客用的杯盤叉匙，點上蠟燭。這些都足以說明這一家人講究待客，只是平日恐怕鮮有客人。

氣氛頓時給烘托出來。有剛出爐的小麵包，一道湯，一道菜，還有好幾種酒。反正中國孩子是不喝酒的，他們自己享用。

每個人臉上都泛著一層油光，連瑪瑞這個形容憔悴的中年婦人也顯得活潑伶俐起來。她喝了不少酒，以主人的身分向客人介紹每一個家人，包括她自己：

我離婚了。不過，我和前夫仍然像朋友一樣，保持很不錯的關係。

她不斷點著頭，似乎在加重肯定自己的話。

她勸馬廷回到本地，停止他的漂泊流浪。

是誰在生活裡流浪的？

少跟我們談哲學。史老先生回道。

我倒還真希望能去流浪哩。馬廷笑著：既不年輕也不是單身，哪有流浪的本錢和條件？

朵麗說：馬廷現在捕魚。

我早安頓下來了。只不過是安頓在一個小窮漁村裡。

瑪瑞被馬廷幽默地一句句頂了回去。她就喝酒，仰起脖子灌下去，用一種女性的風騷潑辣來表達她對一切的不滿。史老先生也是，一杯接著一杯，他是那種典型愛爾蘭老頭的模樣，早年畢業於耶魯，維持著東部老律師的矜持和尊嚴。雖然他的紅鼻頭已說明他的晚年大概是怎樣一種景況。

馬廷的太太朵麗，其實並不是多麼漂亮的女人。只是她變幻莫測的深目大眼以及墨黑的長髮，予人眩目之感。特別在燭光的映照下，更凸顯她的西班牙風韻。高挽的髮際斜插一朵香花，耳墜子抖顫顫煥發著遠古金銅的光芒。聲音悅耳，提高的時候還有顫音。眼角笑紋，處處帶來南歐陽光的絢爛。

語言的障礙變得微乎其微，兩個中國孩子突然之間覺得可以暢通無阻和他們打成一片。連馬廷嘲諷意味的玩笑話，他們也能及時反應過來。

瑪瑞常喝酒，幾乎每天晚上都醉，父親也是一樣。

馬廷輕聲跟那倆孩子悄悄地說。

話音剛完，瑪瑞便歪歪斜斜端上甜品來了。

我記得爸爸最喜歡新鮮的草莓。對麼？爸爸？

瑪瑞把碟子推到老人面前，幫他把手中的小匙握好。

老人眼瞼下垂，彷彿要睡著了。

爸爸？

瑪瑞輕觸他的脊背，老人這才睜開眼，開始緩慢地吃起來。

未料，就這時，女孩突然無端哭了。男孩急急忙忙說起中國話來，大概是安慰吧。好不容易止住了她的嗚咽。眾人見狀也不好多問，猜想大約是想家那一類的事。

馬廷遂起身說道：太晚了，我送你們回去。

吃完甜點再走。朵麗看著丈夫說。

馬廷遂又坐下。一桌人默默吃完蘸著泡沫鮮奶油的紅草莓。

瑪瑞和朵麗，站起來動手收拾杯盤。

不知不覺中，馬廷一口一口地開始喝上另一輪啤酒，喝著喝著話也跟著多了起來。說在大學裡啥都沒學，就是踢足球過癮。愛旅行，漂流到南美，開始給雜誌寫旅行文章，糊裡糊塗成了旅遊作家。……現在麼，猜我幹啥？我麼，以捕魚為生。看透了，寫甚麼文章，不過製造一堆垃圾。其實我並不經常出海，不需要，只有天氣好的時候。魚不必多捕，只要夠就行了。……

大家聽著聽著，剛開始還能適時發笑，越到後來便越發寂靜，誰也不再多說甚麼。

都睏了。

那一晚，他們留在瑪瑞家過的夜。

*

若干年後，一個典型華裔形象的中年男人路經這個小鎮，他車開得極慢，像是找路似的。果然，車剛過瑪瑞家巷口對面的酒吧，他彷彿找到了目標，忽然來個急煞車，車子發出一聲吱叫。接著他很高興地發現自己運氣不錯，路邊居然還有停車空位，這在他居住的那個大城市裡幾乎是絕無僅有的事，於是趕緊搶著將車停妥。及至於走出車來，才意識到這條路上的停車位其實還多得很呢。看來這個小鎮的變化真是不大，人口和熱鬧度都沒啥增長。

他走到酒吧前，驚奇地發現木塊的招牌仍舊在。玻璃大窗內的酒保正盯著他看，兩人交換目光之際，酒保友善地跟他點了下頭。

他走進酒吧，突然被一種熟悉感包圍，實在難以相信這裡居然還是老樣子。黑漆金屬天花板，窗口吊著一盆盆綠色植物，彩色玻璃花罩燈，厚重的實木桌椅，連坐在吧檯邊上的大鬍子男人也沒怎麼變（只是鬍子花白了）。這裡所有的一切明顯地標示著過往的年代。從現今的眼光看來，這兒已成為一個有著歷史和紀念意義的地處。

他隔著酒吧的玻璃窗向馬路對過望去。瑪瑞家車道上停了一輛新車，房子的油漆依然如新。怕重新刷過好幾次了吧？他心想，看來這裡似乎還是老樣子。他熄了菸，喝起啤酒來。

他想起那個搭便車的次日，早晨在瑪瑞家醒來的奇異感受，以及他們和朵麗、孩子們一起早餐的情景。

那間房子，在祛除黑夜的神祕、燭光以及酒的催化作用後，大白天下顯得平凡又平淡。廚房裡的油煙瀰漫到飯廳和客廳裡。幾個孩子連同那條狗在不甚乾淨的地毯上吵鬧追逐。

朵麗問他們想吃甚麼樣的蛋？煮的？煎的？還是炒的？

他們傻了，聽不懂朵麗的問題。

這個南美女人口裡發出雞蛋入油煎烹嗤拉嗤拉的聲響。他們隨即明白過來，大家笑成一團。

如今回想起來，其實朵麗只是個年屆不惑、操持家務的主婦，再平常不過了。

馬廷則比較特別，他的大方瀟灑來自他對社會的反抗。而且，他不正是六〇年代末嬉皮文化的那一代？

至於瑪瑞，搭便車的次日是個星期天，她的前夫來了。每隔一個週末，他都會照例探訪瑪瑞和女兒們。在跟孩子招呼過後，照例到瑪瑞臥房，關上房門。即使他已另有家室。

瑪瑞的大女兒當時是這樣說的：爹地在媽媽房裡呢，他們睡午覺。

這對年輕人剛從彼時相當保守的台灣來到這個經過六〇年代洗禮的美國社會，

對瑪瑞和前夫的曖昧關係不免有些吃驚。尤其知道瑪瑞是因丈夫外遇而離的婚，如今她卻不在乎當前夫的情人，竟與情敵共享一個男人。

女孩跟男孩交換一個詭異的眼神，輕聲說：情人成太太，太太變情人。

男孩回說：或許，對她和孩子來說，他們仍舊還是一個家庭。

＊

他付過帳。走過街去，按了那家的門鈴。

他等待著，忽然感到手心冒汗，瑪瑞還住這嗎？來應門的會是她嗎？

一個胖嘟嘟的中年主婦開了門。他盡量面帶笑容地說明來意，就怕對方被他弄糊塗了。

她聽完，不住地搖起頭來。他道了聲歉，轉身要走。女人卻把他叫住：

你要不要進來看看？

他進了門，卻感到不知所措，突然後悔起自己今日的莽撞來。可已經進來了，也不能立刻掉頭就跑。

彼時他印象最深的當屬瑪瑞家的地毯，是那種不規則狀浮凸式的，褐黃色調，十分的礙眼。如今看來當早已換過。

女人跟在他身邊絮絮叨叨：這房子已經換過好幾個主了，每換一次，房子都跟著改造一番。當然——是朝好的方面——我希望是朝好的方面改造。廚房飯廳中間本來有道牆的，你記得的吧？現在全打通了，廚房也重新裝潢過好幾回了。

他看著打通的廚房，牆面移走，改成花崗岩的餐檯。女主人顯然對新裝潢頗為得意。

她繼續說著：我們一搬來就把壁紙都撕下來，所有的牆重新粉刷。糊壁紙早過時了，現在哪還有人用壁紙的啊？我猜你住這裡的時候，一定是糊著壁紙的。對吧？那是多久以前？怕不快有二十年了吧？

喔，將近有三十年了吧。

要不要上樓去瞧瞧你當年的房間？

他望一眼樓梯，看到邊間他們曾經待過一晚的那間屋，門是半敞著的，窗光從裡面透出來。瑪瑞的大女兒毫不以為意地說：「爹地在媽媽房裡，他們在睡午覺呢。」他和女孩則躲在屋裡偷笑。

他轉頭對女主人說：不用了。抱歉打擾你這麼久。

道過謝，他告辭出來，坐進車裡。

*

男人不好找呢。擎著杯裡的冰塊威士忌，瑪瑞的聲音微微打抖：即便找到了，也信不過。我可不能拿我的兩個女孩子去冒險。她總這麼跟人說。因此她不敢跟任何男人發展進一步實質性的關係，於是永遠是一夜情或暫時的性伴侶。她不要任何男人進入她的生活，介入家庭，她聽多了那一類的事。她沒安全感，從來都缺乏。離婚後，更是如此。但除了後父強暴繼女這樁之外，她實在並不知道自己到底在害怕甚麼。或許，只這一樁也夠了。

她那頭亂乾草似的鬈髮半遮著垂皺的眼皮，藍黑的眼影漫暈開來。下了班都幹嘛？喝酒啊。週末更不必說了。直到她的前男人踏著沉重的腳步上得樓來（這些年少說他加了三、四十磅）。她麼，身著一件粉色薄紗荷葉邊的短睡衣，裸露著兩條精瘦的長腿，薄褲隱約可見微黑的私處。梳妝檯上的威士忌已幹掉半瓶。

她的前男人開了門進來，撲鼻一陣酒氣，滿室黯淡凌亂。僅由荷綠紗窗簾的空隙射進一縷過午的陽光，筆直穿過半空的酒瓶酒杯，直射在薄紗下瘦小的乳頭與淡色散亂的髮上。男人進來，驚奇於這個酗酒遲暮女人的魅惑和撩人的性感。他趴下身去吸吮她，她渾身散放威士忌與酒精的香熱。

還喝，你不要命了。他口齒不清地罵道，口鼻堵在她的皮肉上。粗魯地扯掉她身上那一點東西，過程飛快卻極富刺激。他等不及了。女人咿唔呻吟著，連呻吟也溢滿酒香，兩隻細手狂亂撕剝去他身上的衣物。

做愛當中，或許他緊閉雙眼沉浸於她過去年輕的美好。也許不，他更喜歡眼前這份集合舊愛、同情、憎惡、悔恨、潦倒、偷腥等混合攪拌的欲望。每隔一週一次，比甚麼樣的一場爛醉都來得自我作踐和過癮。

或許並非次次如此。大部分時候他們只稍稍溫存一下，在昏然的午後睡著。更可能的是他患有陽萎，幾次敗興後乾脆取消了這道難堪的麻煩。進門後便把自己扔進窗邊那把舊椅子裡，就這樣生了根似的，再也不想動彈。房間的家具擺設仍舊是多少年前的老樣子，絲毫未變。那把椅子還是他們新婚時附近車庫拍賣時買的，當時他自告奮勇殺的價。但可能這些他早都忘了。忘掉椅子的來歷，至於新婚，那就更是上輩子的事了。他只面無表情地癱在那裡，兩眼直盯電視。各式各樣的運動：棒球，籃球，網球，高爾夫，拳擊或四年一度的奧林匹克以及每兩年的冬季奧運。女人半倚在床頭，一杯接一杯幹掉她的威士忌。兩廂默默無語，漸漸打起盹來。時間到了，他起身，將每個月的贍養費支票放在五斗櫃上，交代一聲，然後開門悄然離去。

這就是瑪瑞和前夫若干年前的景況了吧？

他的思緒像蒼蠅般亂飛亂轉，毫無頭緒，也不想著要有頭緒。想著想著，他發現自己已將車開上半山腰。

沿山的路頗寬大，兩旁全是房子，較新也較華貴些。他懷疑這這就是當年馬廷教他開車的地方。只是變得太多，已經完全認不出來了。不過，方向和地形倒都還吻合。

他想起當年在這裡，女孩問馬廷是否能教他們開車「因為考了駕照有了車，人就自由了」，他猶記得她那副理由充分的表情。

馬廷卻指指自己的腦袋瓜：大部分的自由來自這裡。

曾經，他們為了愛情吃盡苦頭。

嚴格來說，他們應該算是私奔的吧。女孩家裡曾以非常強硬的手段阻止他倆交往，他們還是不顧一切繼續偷偷往來。他憑著家人在國外，與女孩一同辦理手續。女方家裡只當她是單獨出國，完全不知他們的預謀。當他們雙雙坐上飛機，以為那是一個自由美好生活的開始。誰曉得，剛下飛機投靠上男方的家人，女孩立即成為箭靶，被他家人狠狠修理了一頓。

他們沒了法子，只好單獨來到這個註冊學校的小鎮，還好碰上一個好心的工讀生，幫忙介紹一老太太家租屋暫住。

老太雖獨居，卻養了一頭面相凶惡、高大且碩壯的黑褐色杜賓犬。當晚老太收下租金，異常高興，還特地請他們一同晚餐。吃的是青紅椒鑲牛肉，就是把碎牛肉和米粒塞在青紅椒裡，用番茄汁燉到爛熟。老太說這是她老家匈牙利的菜式。居然連這個他都還能記得，多少年了，真是不可思議。誰知那晚奇冷，老太給他們加了條類似軍毯的硬毛毯，仍舊凍到他們渾身發抖。想必是暖氣開太低，或者房裡根本沒開暖氣也未必。早上醒來，才發現那條毯子上淨是黑色短毛。女孩琢磨道：我知道了，是老太婆養的那隻黑狗身上的毛。

沒錯。肯定是那隻杜賓犬身上掉下來的。噁心！原來這毯子是給狗用的。兩人氣不過，卻一點法子也沒有。

那晚女孩在瑪瑞家用完晚飯，本來還高高興興的，想到馬上就要離開這個溫暖溫馨的所在，得回苛刻老太冰冷的住處。不消說，肯定也勾起到美國這一週以來遭遇的屈辱和辛酸。於是一時忍不住，哭了起來。

他想到這些陳穀子爛芝麻的往事，吃驚自己對這些竟毫無所動，彷彿跟自身完全無關似的。即使是別人的事，聽來或許還會吃驚訝異，或者同情，甚至感到錯愕和荒謬。但是他都沒有。彷彿一部電影看了無數遍，一看再看，該有的情緒反應全跑光了。

那晚是瑪瑞主動留下他們過夜的。瑪瑞分派他們睡一間房的時候，女孩還忸怩了一下，輕聲對他說：這樣不好吧？

瑪瑞彷彿聽得懂中文似的，說：放心吧，好好睡。

真的，在這個國家，誰會在乎這些。何況他們的關係根本就讓人一目了然。

次日，瑪瑞又好心幫著找到一個熟識的太太，對方剛巧有意將多餘的房間分租出去。其後，又是由馬廷開車幫著搬的家。

*

他將車停在路邊。下了車，果然感到一股半山腰的寒氣。喔，那不是嗎？住宅區後方正是一片灰枯枯的樹林。昔日的樹林。他湧上一股巧遇老友般的溫馨。

回程路上，越開越覺熟悉，他果然認出這條路來了。不就是當年他們學著好萊塢電影上那樣，直伸著手臂豎起大拇指，向著路過車輛招手搭便車的那條街麼？

女孩和他早就分手了，差不多就在他們來美的三、四年後。開始還斷斷續續有些連絡，後來便完全不知去向。她有意躲他，他也知道。

他沒學上哲學。跟馬廷一樣，連大學也沒念完。本來以為餐館打工賺取學費是暫時性的，未料竟成了職業。這些年好不容易從打工仔熬成老闆，有了自己的一間小店，但也早變成一個不折不扣的生意人。

他任思緒隨意漫遊，卻又有點不大敢去觸碰回憶。許多情境彷彿不像是回憶，而是一個在眼前搬演的東西，或是隨時可召喚出來的景象。一個彷彿電影裡的段子，既虛無卻演得真切。

*

男人不好找呢。擎著杯裡的冰塊威士忌，瑪瑞的聲音微微顫抖：即便找著了，也信不過。我可不能拿我的兩個女孩子去冒險。

彼時他們坐在小酒館裡，喝酒。那是十多年前，也像今天這樣，他到瑪瑞家去敲門。果然，瑪瑞出來應的門。她竟然還記得他。

有十來年了吧？

瑪瑞攏著頭髮笑著問道。他很吃驚瑪瑞的改變並沒他想像中來得大，原本的乾瘦憔悴似乎還維持在原狀，只是頭髮更為稀薄了，或者是髮色變得更淡漠。

瑪瑞說兩個女兒都已離家，去了外地。老父親在幾年前過世，就連前夫也中了風，臥病在床。

我正準備著賣房搬家呢，老大在麻州，我打算搬那兒去。你要晚幾個月來，我肯定不在這兒了。

他說：真的嗎？那真該慶祝一下。

於是他們去了對街的酒館。繼續喝，菸酒不斷，有意醉到甚麼都不在乎的程度。然後兩人相互攙扶著離開酒館，走進門，走上樓去。至於接下來的一切，都變得再順理成章不過。

瑪瑞不過是他眾多短暫的情事之一。反正發生就發生了，沒啥好深挖探究的。

他不知道自己從何時起開始變得放浪，或許，打從他不再信守那唯一的、堅貞的、可為之生為之死、海枯石爛的愛情觀開始。也就是來美國後一兩年的時間裡，他發現美國人多麼自由放任哪，從不壓抑自己的情緒或欲望。他們說那樣是對身心有傷害的，尤其對一個人的心理，會形成負擔和陰影，留下傷痕，甚至造成性格的扭曲。

但他卻不敢跟女孩坦白他的這種變化。他只能夠騙，或是賴。當然，她離開他的原因還有其他。他的懶散，他的無一技之長，總之，他沒能成為他允諾她的那種人。

他們確實曾經愛過。儘管受盡阻撓和磨難，仍躲躲藏藏地戀著，愛著，憧憬著未來，期盼有朝一日攜手出國，得到自由。結果呢，終於如願，可那竟是分手的開始。

他從後視鏡裡看著漸次遠去的街道，心中不禁暗自估算起融雪的時間。應該不會太久，大概也就是這一兩個星期之內。

他繼續從後視鏡中凝視街道。就在此時，生出一個荒誕的幻覺，彷彿路邊隨時會出現當年他們伸著胳膊和大拇指招便車的身影。

他緊盯後視鏡，等著，等著⋯

赫然眼前出現一個大彎轉，車子險些衝出道外。

他一嚇，趕緊把穩方向盤。等回過神來，想要繼續回望那段路尾，卻再也看不見了。

雪後

冬天快完的時候，突如其來的一場大雪，把本來等待櫻花盛開的那樣一種心情，瞬間顛覆了。

那是一個星期日的午後。次日要上班的人不住嘀咕著恐怕掃雪車不會來，最早也要明天清晨五點以後吧。

她站在窗邊，一隻貓般，透過玻璃，凝視窗外。

所有一切都被剛下過鬆軟的白雪變得異常綿肥，沒了稜角。原本的顏色覆上一層厚重的雪白，顯得異常潔白無辜。只有天空依舊詭譎灰蒼，不斷飄著密實的雪片。房前整條街道都被大雪掩埋，幾乎讓人認不出它的形狀。就連街對過那個難看的停車場也被綿白的柔軟覆蓋，變得純潔無瑕萌噠噠的。

未久，雪勢漸微，有停下的趨勢，開始有三三兩兩的人影彳亍在難行的路上。誰都想第一個來踩踏這深厚鬆軟的新雪，於是花兒也出了門，一步步蹣跚地走在深雪中。

這個在兩個月前才剛滿二十歲的女孩，絲毫沒有鄉愁的困擾，反正人在哪兒，家便在哪兒；走到哪兒，哪兒便是她的世界。

風吹拂著飄舞的細雪碴，每走一步腳底喀嗏喀嗏踩出一個鞋形的深洞。她只管注意腳下，這麼走著走著，一抬頭，對面竟然是他，克里。

他們對站著，不到八、九英呎的距離，在肥厚積雪的路中央。克里忽然張開口，似乎說了聲嗨，或者想吐露內心積壓的甚麼，或許叫了聲她的名字。但都彷彿默片，徒見口形而無聲。

在她還來不及想清楚該怎麼反應的當兒，他的身子卻突然折下，怔忡坐倒在路中央的雪地上。他蒼白的臉上茫茫然，若有所失，眼神直直地望著她。

花兒被眼前他的這個動作愣住。這麼個高大的傢伙頓時那樣無支撐的倒下，感覺他彷彿是受到了甚麼驚嚇或者整個失去站立的意願。奇怪的是，他絲毫沒有重新站起來的意思。

但克里的眼光始終沒有離開過，那樣兩手撐地坐在雪堆上，呆望著她。

花兒決定掉頭往回走。她趄趄趔趔地走著，眼前卻一再浮現克里倒坐雪地裡的模樣。

她走了若干距離後，克里忽然看見她回頭了。沒錯，她站定回望。

他依然呆坐著，沒站起來，以同一款姿態，一動也不動地，向著花兒遙望。也只數秒的工夫，花兒便回轉過頭，踩著皚皚的深雪，一路艱困地彳亍而去。

他們誰也沒料到，這竟是他倆最後的一次見面。

*

你能跟我說一下跟克里交往的情況麼？

拜碼先生用一種偵訊的口氣問道。同樣一句話他問過好幾個人，包括跟克里關係較近的花兒和西尼。這裡面只有花兒不是這所常春藤校的學生，但由於她是重要關係人，他們非找到她不可。而且，反正接受詢問也是她自己同意的。

花兒低下的眼瞼突然抬起，直直看著拜碼說：其實，我跟克里交往的時間短到不能再短。我們之間，根本就沒甚麼情況可報告的。

她說完，連自己都感覺這番說詞完全不具任何說服力。橫過桌子，與她面對面對坐著的學生輔導長，給她一種壞蛋的感覺（雖然他穿著的品味還不錯，看來早上出門時也才剛淋過浴，稀疏的髮根上沒甚麼頭皮屑，肩膀上也沒有落雪的痕跡。或許他算不上是壞人，壞樣兒只是她因壓力產生的錯覺？）不管怎樣，她瞪著拜碼那雙鏡片後的藍眼睛，有種將人看成通緝犯的眼光，又彷彿隨時可能上來咬人一口，一條窮追獵物不捨的惡犬。

拜碼：短到不能再短？一星期？兩星期？

不到一個月。

四個星期。對嗎？這就是你所謂的「短到不能再短」？

花兒說：在中國人的文化，我是指文化習慣當中，如果沒甚麼意外或特出理由，我們交朋友一交都是一輩子。因此四星期真的是「短到不能再短」。也或許你交朋友是按星期計，或者按天算的，是這樣的嗎？

看來拜碼對付狡辯早已累積了經驗。他立即掉轉方向：說說你是怎麼認識克里的？什麼時候的事？

花兒遲疑著，大眼眨巴眨巴地望著對方。然後她試探性地：

這個，我好像，已經不大記得了。

現在不說沒關係。拜碼似乎早胸有成竹：你能回去寫份報告嗎？

很顯然，對方這招出乎她的意料之外。

為甚麼？

拜碼老奸巨猾地沉吟起來，然後以一種為對方著想的口氣，慢悠悠地說：

你目前是學生簽證對吧？我查了一下：兩年前你是以探親身分進入美國的，探望你哥哥。那時你的簽證只有三個月的期限，照理說你應該在簽證到期前回國才是，但你卻在那三個月內拿到一個三流大學——其實根本不是甚麼大學，只是個社區大學的入學許可——藉此改變成學生身分，靠這招辦理了學生簽證。一年後你再從那個社區大學轉到我們隔壁的這所州立大學來。

這些全都合法。我不知道你提這些幹嘛？她臉紅了，有一種身世祕密被當場揭穿的難堪。

不想，她又立馬變得理直氣壯起來：為了這個探親簽證我買了五千美元的美國公債，因為我改成學生簽證，因此這筆公債我一毛都拿不回來，全送給了美國政府。

拜碼一味沉穩地點著頭：嗯，嗯，這可是你和移民局的事，跟我訴苦是沒用的。你可以去找他們理論。不過我相信，你事前完全知道這後果——若沒在探親簽證的三個月內回國，你就拿不回公債錢。這顯然是你自己當時同意的。這只說明了一件事，那就是：你父母為了能讓你到美國來念書，花錢在所不惜。五千塊可不是個小數目啊。

她沒法了，便說：我不知道你提這些幹嘛。再說，這跟寫這份報告有甚麼關係？

我只是想提點你，外國學生身分可不像持有綠卡，是非常脆弱的，隨時可能改變和取消。或許你真的可以避過寫這份東西，當你的簽證取消而非回國不可的時候⋯⋯

說完，這隻惡犬便伸著舌頭一路低頭跑出去了。

一個女人像影子一樣地悄悄閃進門來。她自我介紹是甚麼甚麼，花兒也沒聽清楚，因為她一心都在拜碼最後說的那幾句話上琢磨。女人開始說著一串甚麼甚麼。花兒也根本沒在聽，她已經被女人身上那道太過明顯的香水薰得分了心。倒不是因為那氣味不好聞，其實那是挺好聞的一個味兒，早晨茉莉的清香。只是這道芬芳的氣息跟眼前這個女人實在是太不搭調，太不調和了，這才是這香味兒困擾她的理由。她覺得這女的簡直就是一頭獸，不，是頭鴕鳥：尖鼻、皺脖、駝背、大腹，頂上的頭髮不僅稀疏還蓬鬆地翹起幾根毛來。如果哪個人不熟悉鴕鳥形象的話，那麼火雞也行。對，就是隻帶著一對搖晃金屬耳環和花綢絲巾的火雞。

但火雞並未發出感恩節「嘎哼嘎哼」的節慶叫嘯，反倒以一種誇張假惺惺的體貼對花兒說：

好吧，我理解你的顧慮。不過放心，我們絕不會拿出去給外人看的。總要給人一個交代。你說是嗎？

給「人」？哪些「人」？花兒想問個明白，但她卻只能囁囁嚅嚅地說：

但我……

就這樣了。火雞立刻果決地打斷花兒繼續糾纏下去的可能性：該講的我們都已經說明白了。好吧，你回去把報告寫完交上來。This is the end of the statement, period. 這就是聲明的結尾，句點！

當花兒一腳高一腳低走出這棟建築的時候，她幻想著電影裡的鏡頭——突然響起一陣轟然爆炸，身後的建築碎裂倒塌，煙霧如不斷滋生的蘑菇，直衝雲霄，一切化為烏有，包括沒來得及閃躲的自己也一併炸成碎片。

那是一九七九年，年初美國和中國建了交。沒多久前，在她來自的台灣，激憤的民眾蛋洗美國總統吉米卡特派到台北去做說明的副國務卿。當然，所有的這些與她都不直接相關。對，這根本不干她的屁事。何況此刻，她正被一種古怪的渾沌所籠罩。那其實是一種驚嚇，混合以哀傷和不知所措。

*

她將白紙捲進打字機裡，穿眼越過窗子凝望對街的停車場。該是開春的時候，地上卻還留著髒雪，路邊的樹全都瑟縮而枯槁，絲毫不見綠意，一切都是那麼的難看。她腦裡一片虛，或許是一種混亂。她想要強行振作起來，試圖從這無和亂中理出一個頭緒。但記憶似乎不聽使喚，她唯一能想起來的就是那個大雪的星期日午後。克里如何在她面前突然坐倒，如何發愣地坐在囤積厚雪的道路中央，望著她，久久不起身。

這個最好別提。她提醒自己：別傻蛋了，哪壺不開提哪壺。

夏天，對了。還是從夏天開始講起。她感覺自己彷彿抓到一個可以攀爬的東西。

「哥倫布斯的夏天熱到不行。我們全家開車出去，我媽卻不叫開車窗。因為她頭髮剛上完髮捲怕風把它吹壞了。我們相互打趣：你看別的車多羨慕我們哪，他們以為我們有冷氣哩！」

克里一邊說笑，一邊打著手勢。他其實是沒甚麼幽默感的人，卻總愛講些揶揄人的笑話。或許是為了讓自己顯得有趣些，也或是為了想逗她開心。

「除了鐘錶之外，波蘭佬侖所有能走動的東西。」

見她不笑，克里頓時覺著無趣。他猜有可能她根本就沒聽懂。

她不但聽懂了，還為這個種族歧視意味的笑話感到難為情。她發現自己對他的喜歡逐漸淡薄，跟他在一起的理由越來越沒說服力。她跟他出去玩，跟他一起消磨時間，只因為當初答應過他，然後一次變兩次，兩次變三次，就這麼順勢延續下來。真可笑，難道人與人之間的關係純粹就是慣性？或許人類就是這樣的生物，弱智，無能，害怕孤獨。大部分的行為衝動幼稚，不經思考，或者以為自己思考得多麼透徹周全，其實壓根是為自己的盲目自圓其說。尤其在擇偶這個項目上，只憑單薄的感覺行事（說白了就是性衝動），再來壓就是條件評比（在這個項目上她自知功力不行，所有數理邏輯的東西她一概都差），再來就是依靠慣性（這項她還行，不就是習慣成自然麼），便這麼一錯再錯地走偏了。

某日，克里忽然沒頭沒腦地說：我爸最愛我姊。

他拿出他姊的照片來示她：她是個可人的紅髮兒。

照片上的女孩有一頭偏紅的長髮，睜著大大的藍眼，一副很無辜的樣子。跟克里傳神地相似，同樣的看上去有些憂鬱，手臂削瘦如竿。

她很漂亮。克里說。那一剎那，她幾乎聽見克里在嘆息。

她沒見過他姊，倒是遇見過他爸和他妹。他爸是個禿頂有肥肚腩的經銷商（或推銷員？直覺的，他爸讓她聯想到《推銷員之死》裡的主角威利）。

他妹有次來，在他住處門口坐著，看樣子等了滿長一段時間。她大老遠的開車來，定有要事，沒約好，想必是突發事件吧。那日克里和花兒一路從圖書館逛回來。她妹坐在門口石階上，手支頤，看上去不大高興，或許有些心事重重。

然後克里就陪他妹去了，這之後他們好幾日沒見面。

週末克里來約她，「法學院晚上有部片子《To Have and Have Not》，亨弗萊鮑嘉、洛琳白考兒的經典之作。」

那晚，這間有些古老歷史的法學院建築熱鬧非凡，差不多所有在校的學生都跑來了。他們歪七扭八站一堆，也算是排隊吧。不少傢伙大聲嚷嚷仿效影片裡的一句台詞，樂不可支。克里系裡的好些人也來了，大家見面不免一陣嘻笑哈啦。也就是那晚，她遇見的西尼。她第一眼看到他立即感覺震了一下，隨後便鎮定住了，再找機會打量他。然後告訴自己，這傢伙除了帥些，也沒啥格外特出之處。待她再次細看他，發現其實那是一種醜，醜得恰到好處，醜得完美，即具備了征服人眼光的帥勁。

其實不過是部老電影，黑白片，銀幕上還不住地「下雨」。但學生們的興致特高昂。當演到女主角問男主角：You know how to whistle, don't you? 下面的學生異口同聲說道：Just put your lips together and blow.[1] 包括坐她旁邊的克里也忍不住同

1 你知道口哨怎麼個吹法，對吧？只消把嘴唇湊一塊兒，吹就行了。

聲唸道。他唸完後得意地瞅她一眼，眼裡滿是笑，即使在影院的暗中也照樣閃著亮光。

完了他倆散著步走回去。克里牽起她的手，緊緊攢著，偶爾拉起放到嘴邊呵著氣親一下，那感覺就像捧著一個寶貝，又彷彿怕一鬆手她便會就此消失似的。

他們在昏暗的臥室裡。克里將一件襯衫搭在檯燈上。他怕光，他所有的窗簾都是兩層，靠外的那層是黑天鵝絨，為了擋住白天刺目的光線。

昏黃燈光下，他吻她，一遍遍。但她卻感到他似乎有些心不在焉。她感覺他有心事。

她站起來，找了個理由要走。克里說不，你別走。坐起來將她緊緊抱住，良久良久，然後他鬆開她。嘆息。

我爸只愛我姊。他突然又說，嘴角掀起他一貫揶揄的笑意。

花兒不明白這事有啥好說的，一遍又一遍，絮絮叨叨。倒是因此想起日前他妹來找過他。遂問：

家裡有事嗎？

沒甚麼。我妹就愛大驚小怪。

是真有事吧？說完，她立即察覺自己不該多問的。

果然他否認了：是來送東西給我。

花兒覺得自己該走了。便說：週一我還有篇報告要交。

讓我再抱你一會，好嗎？

他抱著她，輕撫她的臉緣。端詳著：還記得我們第一次見面的時候？

過了良久，她輕輕說：記得。

那是一個冷天。她到他住的樓上看房子。快談完的時候，克里來了，原來他就住樓下。等談完她下樓，沒走兩步，被後面追上來的克里叫住。

階梯旁是一塊屬於這房子的小空地，沒種任何花草樹木，只有光禿禿的泥土。克里倉促慌張地從階梯下來，他站在樓梯邊那塊小空地上，沒來得及穿外套。他叫住她說有事。

風不停地吹著他的黃鬈髮和棉絨布格子衫，高大，但有些單薄。到了戶外，他整個人的色澤又淡了一層，看上去簡直跟她像是站在兩個不同光線的世界似的。

還就特別記得那天。她心想，嘴角微微泛起笑意。其實那日克里只為叫住她而叫住她，說的事根本微不足道。

在這之後無數次，她回想起克里站在小空地上的光景。他失魂地從階梯上下來，叫住她，然後兩人站在那塊小空地上，說著比芝麻綠豆更無關緊要的話，風不住地吹拂。彷彿是張褪色的舊照，不，年歲久遠的舊錄影帶鏡頭。無聲而寧靜，重複播放。

*

她將白紙捲進打字機，開始敲起鍵盤：

這事並非表面上看起來那樣，不是大家想得那樣：兩個美國男生為一個台灣女生幹架。雖然，事實發生確實如此。

開始我先跟克里有過短暫的交往，但很快便分手了。與此同時，我認識了克里同系的西尼，這下子惹毛了克里。

聽說，那是一個陽光好到不行的初夏早晨，克里在研究所大樓走廊遇上神情一向快活的西尼。

怎樣？你老兄還兜得攏吧？

西尼以他一貫瀟灑不在乎的調侃調調跟克里打著招呼。沒料到克里頓時火紅了眼（其實他平時不是這樣的。上次他跟人打架還是小學三年級的時候），二話不說，掄起拳頭上去便揍。西尼沒想到會有這招，一下子沒招架住挨了克里的拳頭，但他瞬間便反應過來，二人立刻扭打成一團。

沒多久，克里便休了學，他回老家俄亥俄州的哥倫布斯。沒有人太在意這件事，包括已經走在一起的我和西尼，或許特別是我們。

西尼他們的研究所跟大學完全不一樣，整個系二十來個研究生，一起上課碰面的機會並不多，各人有各人的指導教授和研究論文，彼此間的聯繫很鬆散。有時在研究樓裡碰到了，聊起來可以講上一兩個鐘頭，餓了，便移師附近的小吃館或酒吧續攤。若是剛好沒碰見，也可以整月或數月的互不聯繫。以前，克里和西尼的交往形態就是這樣的。對，就我所知是這樣的。

九月初勞工節剛過。某天，我走在校園裡，發現高大的榆樹已經開始變黃，空中不斷旋轉著飄下的狹形落葉。日光雖然還是那麼燦亮，卻若有似無染上成熟穗子的金黃。溫度沒降低多少，空氣卻明顯地乾燥起來，風裡挾帶上涼意。

我為什麼會記得這些而且記得這麼清楚？因為剛開學，不，剛換季的那種氛圍很不一樣。的確有甚麼不一樣，我察覺到了，因此感到不安。

開學後，學生全回來了，男生為匆忙而匆忙，女生則忙著展示。校園頓時飽滿起來，視覺，聲響，氣味，甚至時間也飽和起來。只是獨獨不見克里。原本他住的樓下那間屋也換了人。

有天西尼告訴我：系裡的人說，克里生病了。他正式休了學。

西尼的神情有些怪。

他說：應該只是暫時吧。聽說，是精神分裂。

自那之後，再沒聽誰說起過克里。

直到耶誕節和新年過去，出人意表的，克里竟回來了。

雖然他回來了，回到這個城裡，我卻沒見到他。我們早已沒有見面的必要和理由。我甚至不知道他已經回到學校這回事。我跟他不同校，而且我上學開車。我更不知他搬去了哪裡，反正每天經過的路上再沒碰到過克里。

後來還是聽他們研究所的同學富蘭克說起才知道的。他說「克里從精神病院回來了」對，他就是這樣說的。那天是在西尼的住處，我們剛吃完飯，填飽肚子挨在桌邊正舒服著，西尼喝著一碗茶。富蘭克說自己正好路過，其實我們猜他本是想來蹭飯的，不巧那日我們吃得早，而且吃了一個精光。富蘭克便問有乳酪沒有？我說有。從冰箱取出一塊堅硬如石的義大利「帕馬森」給他。

糟糕！誰曉得邊上已經開始長霉綠了。

別丟，不要緊的。富蘭克說。他起身取了一把小刀，輕巧地把霉邊切掉，開始一片一片削著吃起來。他說克里「樣子沒多大改變，還是穿著他冷天時一貫穿著的那件駱駝絨翻毛大外套，不是深褐便是松綠的燈芯絨長褲。還是不長不短的黃色鬈髮，上唇的短髭和下巴的絡腮鬍還是修得那麼齊整，他的眼睛還是那樣藍，湛藍得像剛下過雨放晴的天空，嘴角也還帶著那種隨時準備嘲諷人的笑意。只是他的臉色比以前來得更蒼白，話也比從前少得多。」

西尼笑問：他還講那些波蘭佬的笑話不講？

最近沒聽他講起哩。

富蘭克這傢伙也算是個人物。個兒雖矮但很壯實，永遠精力充沛，隨時都準備好要征服全世界似的。如果要給他取個外號的話，拿破崙是再合適不過了。他唯一的缺點就是說話太有勁，太多熱情和過多不斷湧現的思潮讓他的嘴唇無法控制演說激情中噴射的口水。

那天，他吃完乳酪，很快就對克里這個話題感到不耐，轉而開始講述近日發生在他身上一件震撼人的大事。

你知道嗎？我姊剛生一個寶寶，上個週末我去看她，幫她做所有照顧寶寶的事。對！洗澡，換衣，抱她，跟她耍，換尿布，唱歌，哄睡⋯⋯，甚麼都做了，但我獨獨不能給她餵奶。看我姊打開衣裳餵奶的時候，我真快要嫉妒死了。我真恨不能自己胸前長出一對奶來，那種餵奶的感覺實在是太棒太棒了。

富蘭克用手在胸前超大比劃著長出一對奶的模樣，口水恣意噴灑。

西尼打趣道：這倒也不是完全不可能，注射荷爾蒙就成。

但不可能產生奶水。我要的是奶水！讓寶寶在我胸前吸吮奶水的感覺。

接著，富蘭克以一個演說家的激情講述了他日後的方向：以最快的時間拿到博士，找事，建立自己的家庭，養兒育女。難為他能將這麼件普通得要命的事講得如此英雄壯闊，如此地慷慨激昂，像是即將要出征歐亞大陸似的。

當時，我好像說了句：富蘭克，你瘦了。

沒錯，我現在正在減肥。兩週已經掉了七磅。因為我就要開始找對象了。你知道嗎？減肥最要緊的，就是不能吃香蕉。

西尼點著頭附和：嗯，嗯，因為澱粉太多。

富蘭克最後離去，下樓的時候還不忘回頭頻頻叮囑：記得喲，減肥不能吃香蕉！

*

一二三四，共四頁。拜碼嘴裡嘟嘟囔囔。他不耐地將報告翻來覆去看了又看。搞啥，她到底在寫些甚麼？拜碼將紙張往桌上一拍。

女火雞進來：你等讀完再說嘛。

拜碼：那妳有讀完嗎？

女火雞：我…那不是先讓你看嗎？

拜碼：妳也看看吧。

拜碼將報告往火雞臉前一推。忿忿地說：東拉西扯搞甚麼玩意兒？然後他將手指著自己腦袋瓜：根本她這兒就有問題。不知為啥又扯出一個系裡的富蘭克來。

女火雞懶得再往下問，她說：我看不看都無所謂，咱只要有份報告就好。對不？

拜碼沉吟半晌，嘟囔出一句：嗯，行，那就他吧。

*

拜碼跟對方握過手後，直接開門見山：

富蘭克，能跟我說一下你跟克里交往的情形麼？

富蘭克為了特意表示某種慎重，黃眼珠在眼眶裡打了幾個轉，眼神看來有些緊張兮兮。但也許他不是緊張，而是一貫的精神亢奮。然後，富蘭克吞嚥一下嘴裡過多的口水，故作老成地點著頭說：

您找我來，實在說我也有點意外。其實我跟克里不是那麼的熟，我跟西尼還比較有話可說。克里比我們都大，一歲到兩歲吧。外型上他看起來也比較成熟，留著鬍子，穿燈芯絨長褲，打扮得更像一個教授而不是研究生。矛盾的是，他在行為方面有時候卻又表現得，嗯，比較幼稚。

怎麼說？

富蘭克索性直接挑明了：就比如單挑西尼這件事吧。另外，嗯，現在說這些似乎已經，已經都沒意義了。您不覺得嗎？

拜碼：是的。但沒人要你批評他。我們只是想找出跟這件事有關的，一些連繫。

富蘭克呼口氣，只好直說了：克里平時愛講一些比較不入流的，起碼不是常春藤學校研究生會講的笑話。倒不是說我們有多麼了不起或是應被人另眼相看，我的意思是，起碼是知識階級而且算自由派的人⋯

是色情笑話嗎？

那倒不是，要色情倒也罷了。色情反而比較普羅，是大眾的，普世的⋯

突然，富蘭克瞬間瞭解到拜碼這一刻的渴望了。但基於為某種尊嚴把關，他說：

拜碼先生，你不會希望我在這兒重複克里的那些笑話吧？

但富蘭克又不想讓對方太失望，於是加了句：其實都是老梗了，實在沒啥新意，講出來恐怕都沒人要聽。

拜碼重新調整坐姿，換了個問題：

說說你是怎麼看西尼，克里和花兒的吧。

甚麼意思？他們三人？

沒錯，你怎麼看他們三個人的關係。

這還用我說，兩個男的一個女的就是麻煩。我早說過的。

你跟克里說過這話嗎？你早警告過他？也就是說，你知道是這個關係導致克里發瘋？

富蘭克張開的嘴頓時停住。他這才開始意識到對面這傢伙根本是頭警犬，牠唯一要做的就是咬人，而且咬住絕不撒口。他感覺這一刻自己極可能跟宇宙中的某個磁場犯了沖，才會被陰錯陽差地錯置到這個錯誤的小方格裡。即使是問訊，自己也應該是坐在博士學位考核的口試場裡，而非這甚麼警犬拜碼的辦公室回答這些跟自己八竿子打不著的狗屁問題。他只想儘快結束這場荒誕的問話，趕緊回到自己博士論文的研究上去，回到建立自己的宇宙包括嬰兒和餵奶這一根本的課題上去。

在燈光下，拜碼打量著富蘭克剛被洶湧口水滋潤過的無比晶亮的嘴唇，幾乎走神。真他媽的離譜，他暗自心想：這一大小伙子竟然長著兩片像是塗著女人唇蜜的性感嘴唇。

富蘭克瞧著眼前這個直盯著他的拜碼，開始感受到對方企圖從石頭裡榨出汁來的野心。本來還想再糊弄他一會兒，卻因為察覺到對方的不肯善罷而心生警惕，以致平日演說家的口才也不禁詞窮起來。

咳，咳。拜碼乾咳兩聲，像頭馴獸師似的不肯放過眼前的富蘭克：

你只要說出你的想法就成。真的，沒啥好顧忌的。

問題是，我甚麼想法都沒有！富蘭克突然站起來，他像一座低矮卻壯闊的小山那樣橫在拜碼面前。此刻，他已經快被逼得要發作了：

你到底要我說甚麼？我甚麼都不知道。好，你要我說，那我就老實告訴你，我認為克里的事跟誰都沒關係，壓根兒就是他自己的結。至於那到底是個甚麼樣的結，你有辦法的話就自己去問他。但我最不能瞭解的是——即使以我兩年內能拿到博士的這等智力，都無法理解你幹嘛要對這事他媽的窮追不捨；他媽的來浪費我們寶貴的光陰？到底是誰付你薪水讓你來這窮折騰的？難道非要我們跟學校告個狀你才肯善罷甘休不成？不過，說實在的，我連告你狀的閒工夫都不一定挪得出來。所以，抱歉得很，我沒法再陪你玩兒下去。我是非走不可了。

說完富蘭克便拉開椅子大步走出去門去。未料，兩秒鐘後，他又開門轉身回來了。拜碼臉上閃過一絲驚愕甚至可以形容為希望的閃光。但富蘭克只是回來取走他忘在椅子上的大衣。他甚麼都沒說，甚至連個再見都沒有，便像颳風那樣消失在門外。

拜碼卻沒因此而喪失信心。他得繼續，他想，哪那麼容易就能完。他找來西尼。這是自己的最後一張牌，他想，有可能是張老A，一張王牌。

未料，談話的結果一樣好不到哪去。他發現西尼這小子比富蘭克更不好弄。因為他冷靜，有耐性，甚至能頂得住心煩，一點不著急，更不惱，像是指導教授幫助一個剛入門的學生分析他的論文那樣，站在一定的知識高度上，反覆解析、歸納、研討，完後再將結論擲地有聲地丟回來。

拜碼先生，西尼說：您似乎堅持要證明一件事。一件擱在您腦子裡非得到證實不可的事，而證實的結果還必須跟您的結論一致，否則對您來說就不能稱之為證實。

西尼兩隻大手一面生動地打著手勢，一面繼續暢言：

坦白說，這樣的任務有一定的困難度。在我所知道的個案裡，古今中外，只有福爾摩斯和愛因斯坦對這樣的證實有辦法。而以現實論，福爾摩斯是小說人物，不能當真。所以剩下的，就只有愛因斯坦了。我想問的是，您認為自己有愛氏那樣的能耐麼？

此刻，拜碼感覺自己完全是個被教授問得無話可說的學生。

西尼雖一副愛莫能助的樣兒。但他那屁股卻像是在椅子上生了根似的，杵在那兒，絲毫沒有要站起離開的意思。他還等著拜碼回他的話呢。

為了挽回頹勢，拜碼問他：克里為甚麼揍你？

西尼偏頭笑了下：你知道的，何必明知故問，為了花兒嘛。他心有不甘。

完了再加上句：你不會以為是我的拳頭把他揍不正常的吧？

多虧女火雞適時敲了門，拜碼順勢推說有會要開。西尼這才肯將他屁股在椅子上生的根一一斬斷，挪走。

臨走，西尼也沒忘記提點拜碼另條或許值得鑽研的蹊徑。他說：我們系裡的林，您找過他嗎？他跟克里相當熟。

拜碼眼珠骨碌轉，不知這小子出的是甚麼招，卻又捨不得放過。

真的，花兒怎麼沒跟我說？

她當然不會知道。

那人叫甚麼來著？林？

對。Liam，是個愛爾蘭名字。不過他可是土生土長的長島人。這個世界上若有誰能對克里的事說出個所以然，就只有林了。

真的。西尼說罷，對著拜碼認真懇切地點著頭，一副以教授幾十年知識權威聲譽來做保證的樣兒。

*

他倆走在冷夜清寂的路上。就是那條曾經積滿厚雪，讓人看不出輪廓的街道。整條路上只有他們。路燈隔大老遠才一盞，燈下圈起一片橢圓形黃暈暈的黯淡的光，路面其他地處都是暗的。
晚上這裡不大安全。西尼說：去年出過幾樁搶人包包的事，搞不好哪天會鬧出更大的事來。
花兒沒搭腔。他以為她醉了。他倆本都有些醉意，好在走上這段路，給冷風一吹，酒也醒了些。
眼看就到花兒的住處了。她終於開口：要不你先回去吧。
看你上去我再走。
沒事。
不差那一會兒。西尼堅持著。
花兒站定，把手裡拎著的巧克力核桃糕遞給他：這個你拿回去。
西尼拿過包來，卻沒要走的意思。
她有些來氣：我就是不要你看著我上樓。
西尼上前一步將她抱了下，便瀟灑轉身掉頭往回走了。
花兒獨自在門前的石階上坐下。
她瞥一眼停車場上空慘白的月亮，看起來單薄又淒清。冷空氣和黑夜把她包圍著，她不由得伸出手來用臂膀緊緊纏抱住自己。

樓梯旁是那塊屬於這房子的小空地，依然沒種任何花草樹木，只有光禿禿的泥土。

她想起第一次來這裡看房子，到樓上和室友做應徵。完後，她下樓。克里忽然冒冒失失追出來叫住她。

未久，她搬來這棟小樓，住他樓上。克里幾乎每晚都上她們那兒去，坐在客廳看電視或找人聊天，不說話的時候便看報紙。他挺悶的一個人，大概是為了要讓自己顯得風趣活潑些，便開始講那些老掉牙的波蘭人笑話。

她那兩個室友不知真是百聽不厭還是為給克里面子，每聽一回笑一回。嘻嘻呵呵咯咯地助興。

她則不。默不吭聲，要不便乾脆進屋去。

週末，他鼓足勇氣約她，開口時臉上的笑堆得很僵，更多的是緊張以及害怕被拒絕。她未置可否，主要出於心軟。傍晚她出門的時候幾乎已快忘了這回事，卻意外發現克里站在門口階梯邊，滿臉的期待。一見到她，立刻伸出手來，順勢牽住了她，她只好隨和地去了。就這樣開始的，一次，兩次，三次……。他邀她來他的住處，做飯給她吃。義大利番茄肉醬麵，再切上幾段義大利香腸，還有他拿手的鳳梨焗豬排配白米飯（雖然甜兮兮的有些怪，但也算費盡工夫）。他們散著步去校園邊大條街口的甜甜圈店，一坐便是大半天，像看水族館裡的魚隻那樣觀賞街上人來人往，喝咖啡。

克里帶她去嘗老式磚烤爐的披薩。

怎麼樣？

她讚不絕口：吃起來比蔥油餅更飽足和實在哩。

還有校園裡那間學生愛去的名叫「拿波里」的義大利小餐館。她開始喜歡上起士茄汁雞，還有寬麵層夾茄汁起士肉醬。白米布丁——看起來極不起眼的一道甜食，稀稀糊糊看上去甚至有些噁心。

不就是稀飯加牛奶加糖麼？她直覺自己不會喜歡，未料嘗過後，竟然愛不釋手。

真沒想到最不起眼天天在吃的白米飯，能做出這麼好味道的一道甜食。當然，必須得加上那些作料，還有肉桂和葡萄乾。

她模模糊糊感覺自己似乎愛上了他。著迷於他身上的氣味，一種類似動物的味道，混以香皂和洗髮精。大得像艘小船似的印第安麂皮串皮繩拖鞋，白蠟般的大腳一分不差地填進船艙。特寫鏡頭似的他的臉龐，玻璃珠樣的藍眼球，在不同的時段和光線中能變換色澤和層次。修剪齊整鬈曲的黃鬍髭，親吻時摩挲得她癢酥酥的。至於他那間拒絕光線篩入的昏暗臥室，她從剛開始的不適應到逐漸發現它幽微與世隔絕的魅力。

難道這一切味覺嗅覺視覺感覺觸覺的綜合和總合就是愛麼？

恐怕還得加上荷爾蒙的推波助瀾。所謂的愛情，就是這樣完成的嗎？

不，還有，他不止一次稱讚她多麼地漂亮。當然，這很重要。正是她初來乍到，處在大半白種人世界裡所需要的一種肯定。另外，他每一次停留在她身上愛戀的目光也很受用，頂過無數有形言語的讚美。

而即使有這許多，這份愛情還是沒能維持長久。她恍惚地感覺，他倆之間的吸引像是十五走向月底的月亮，逐日地消蝕。原先磁一般的吸引力呢？去了哪裡？還是他們從來都沒真正有過？

她已經記不得正確是從甚麼時候開始，她一想到他，或見到他，給她的不再是那些新鮮活躍以及新奇美味的視覺嗅覺觸覺感覺和味覺綜合性的愉悅，卻是陰沉鬱蔽，比一團亂繩更紊亂複雜的無形陳年糾結。她不知如何面對，更無法不感到害怕。

我沒辦法。他雙臂緊緊勒抱住她。在那間光線幽微黯淡的屋裡，他死死纏住她，有如即將溺死的人抓到一塊浮木那樣不肯撒手。

我沒辦法，他喃喃道。之後他就哭了。

他沒說出來的是，他老想到他姊。也許他說了，但他只說了個頭，花兒不想去猜，她怕猜錯，但有可能她更怕的是猜對。

沒多久她就跟克里分手了。她說，我們不合適。我不想再跟你出去了。就這樣吧，到此為止。

克里冷著臉，嘴唇發顫：你交上了別人？

當然沒有。她有點生氣了。

克里仍不放棄：那為什麼？

不是已經告訴你了嗎？她說完便突然抽身跑開，越跑越快，即使克里這時拔起腳來追也是追不上的。

這之後，他試著在門口攔過她幾回，也都無效。她一見他，立刻便有種彷彿甚麼東西從頭罩下，將她緊緊扎住，讓她透不過氣來。或許也不盡然是那種窒息感，而是無天無日的昏暗，像他臥室那兩層厚窗簾將陽光死死堵在外頭的闇鬱和無望。

分手後花兒很快交上西尼。他們是在她住處前的那條路上遇見的。一切都如水到渠成，彷彿他倆早有默契。

日子開始變得輕快開朗，她正雀躍自己交上新男友，而且西尼是那麼的帥。帥得滿不在乎，渾身上下像塊磁，她感覺自己已經被他牢牢緊緊地吸黏住了。但西尼卻壓根兒沒把外表當回事，可能也沒把她的外表當回事，根本天下所有人的外表都不算回事兒。還有許許多多人都當回事的事，西尼也都沒把它當回事。但他也不是對所有事全然的毫不在乎吊兒郎當。畢竟，他對自己的研究還是比較在乎的。至於他的底線是甚麼？她並不是很清楚，可這跟她有關係嗎？或許有吧，但她卻懶得朝這方面往下想。仗著年輕，甚麼她都可以不去深究。起碼，這一刻，她正快樂著，她可不想被打斷。

*

西尼問林：那個拜碼找過你麼？

找啦。

抱歉。都是我。本以為你比我們都瞭解克里。

沒事。林說：克里跟我是漢堡哥兒們。只要哪天覺著學校餐廳的飯沒勁，我倆就跟野狼似的嗅著去找漢堡啃。你知方圓一英里內最棒漢堡在哪嗎？

麥當勞。

大夥笑了。

其實林跟克里除了約著吃漢堡之外根本談不上甚麼交情。當然啦，他總免不了要跟克里吹吹牛。說自己把妹的工夫了得，甚麼剛走進麥當勞就被兩個大學部的女生驚嘆他有多帥之類的。結果他迷上同宿舍一個醫學院的黑妞，又瘦又高，手如竹竿仙鶴腿，每天傍晚坐在宿舍底下空曠的大廳裡彈鋼琴。那模樣，比電影或音樂會還要得，把林聽得如痴如醉。

不料，克里聽完後卻一整臉說：她不會看上你的。

為甚麼？

因為你白人哪。哪怕你再帥，再優秀，都沒輒。我是俄亥俄州出來的，我太理解黑人了。好條件的黑人絕不混種，只有那些三腳貓才會找白人。

還真給克里說中了。

對啊。林嘆口氣：現在好了，他終於可以得到平靜。

西尼問：你就跟拜碼說這些？

我哪那麼瞎。我跟他說我老爸在中央情報局幹了快三十年，甚麼事他沒見過。有啥問題我可以幫他去找我老爸問問。那小子一聽到這就不吱聲了。

圍在一圈的人全都大笑起來。

富蘭克是最晚才到的。他剛通過口試，博士學位馬上到手，正在如火如荼申請工作，以便開始老早規劃好的人生藍圖大業。不過雖然遲來，許多人都走了，吃的東西還有一堆。富蘭克索性揀了滿滿一盤，坐在桌邊大快朵頤起來。

眾人又喝了些酒，聊東扯西，食物幾乎吃得一絲不剩。最後留下的甜點，幾個人分別打包帶走。

臨走前，富蘭克站在西尼和花兒面前，有些醉醺醺：

你能想像嗎？中美建交後的巨大影響，不只這一兩年，而是往後的十年、二十年。

富蘭克打著誇張的手勢。這讓花兒不禁想起富蘭克渴望胸前長出一對奶來的姿勢。

富蘭克打了個酒嗝：所有這些，你能想像嗎？

花兒說：你醉了，富蘭克。

旁邊有人插話道：沒想到這剛上任的系主任在辦這事兒上還挺有經驗的。

富蘭克馬上接口：搞不好他以前辦過。

一個多嘴傢伙說：那我希望以後別再有了。

大夥全在笑。然後有人開始起鬨：別再有！別再有！

他們都有些醉了。

隨後西尼和花兒拿著打包好的巧克力核桃糕走出系大樓。他倆都有些醉意。走在冷天夜晚清寂的路上倒挺合適。

整條路上只有他倆。路燈隔大老遠才一盞，燈下圈起一片橢圓形黃暈暈黯淡的光，路面其他地處都是暗的。

遠方一輪瑟縮的月亮，慘白慘白的，周圍的雲被染上一圈詭譎淒清的亮邊。

*

那是一個晴好的早晨，她有一種特別開朗的感覺。沖茶的時候，熱騰騰的水蒸氣在陽光裡飛竄著上升。真的，她想，總算一切陰霾都過去了。

她想到過去那幾個月，自己和西尼正開始要好，克里竟而發難，接著休了學。即使這對花兒和西尼之間沒構成甚麼影響，但克里卻把它弄成像是西尼硬生生搶走他的女友似的，鬧到系裡人盡皆知。他們圈子那麼小，這已經不是少了一個朋友的問題，而是演變到西尼和花兒讓人詬病。現在好了。都過去了，克里復了學，事情也過去有一陣了。

白騰騰的蒸氣在陽光裡飛竄著上升。陽光大好。真的，總算一切陰霾都過去了。

就是那天，中午時分突然傳來噩耗。

怎麼可能？太陽那麼好，爽爽朗朗普天照耀著。

如果只是自殺未遂，一切都還好說，就算它是鬧劇一場。但他卻吞下整瓶鎮靜劑，同時打開煤氣，將門窗堵死，聽說被發現時人已渾身發紫僵硬。

克里就這樣死了。

真的？這是真的嗎？

她不時重複地問著自己。同樣的問題有如細胞分裂那樣不斷迸裂而出，想阻止都沒辦法。

克里的死，在這個平靜的校園爆出噩耗。所有認識他的人，近或遠，深或淺，生或熟，都不禁一陣哆嗦，像觸電似的。花兒不斷想起克里坐在雪地裡蒼白無助的面容以及他的那道眼神。

她不斷地想：那個當兒，克里只是蒼白絕望，但他還是活生生的。或許她能做些甚麼，或許一切還能挽回。

可現在都不能了。

她每次想到那日他雪地裡的樣子就感到恍神般虛脫，甚至天旋地轉起來。死竟然可以這麼容易，這麼輕率，無聲無息。也不過十幾分鐘，可能更短，就把自己做掉了。

他哭完。躺在她身邊，像一隻受傷幼弱的動物。他輕輕地，囈語一般：

……半夜，我聽到聲響醒來，下床跟出去。看到我爸，他走進我姊的房間。然後我就站在她房門外的走廊上。我不走。我就這麼站著。感覺過了很久很久，但也許並沒很久。

忽然，他出現在我面前：

你在這幹嘛？

我站著不動。

他開始拉扯我，想儘快把我弄回房。

我只好說我餓了。

我也有些餓。他說。

我跟著他後面躡手躡腳走進廚房，他開始弄三明治。

我從沒看過他處理食物那麼熟練專注，表情好像還很愉快。

我等著他跟我解釋或交代甚麼。

但他只對我說：吃吧。你不是餓了麼？

我咬下去，簡直如同嚼蠟。妳知道那種半夜起來身體還在睡眠狀態中完全沒有食欲的感覺？他卻吃得很香。他吃完，臉上的表情又回復到原本的冷硬，兩邊臉頰全耷拉下來。他經常那樣。不管是我們全家開車出去，或者在晚餐桌上。還有他看報紙發現買的股票跌了的時候。

總之，那晚他甚麼都沒說。即便我問，我想他也不會說的。更何況，我不知道怎麼去問他。

他的聲音越發輕微：那以後，我們誰都沒有再提起。

她聽著，始終不發一語。

她發現自己在階梯上坐得太久，腿已有些發麻。

或者，在那個吃三明治的夜裡，年幼的克里已經把自己徹底殺死了。從那晚起，他一逕拖著未死的肉體活著。現在好了，他總算得以安眠，可以不再怕光，不再哭泣。

酒終於醒了，追思會實在不該給人喝那麼多酒的。她想。不過，現在好了。她站起來，揉捏著發麻的腿，轉身上樓。回轉的那一瞬間眼角餘光瞥見背後的月光，皎潔雪亮，照著那條曾經積滿厚雪，讓人看不出輪廓的街道上。

昨日之島

度假。

對，得趕緊去度個假。

他倆面對面坐在西百老匯和泉水街口的泉水街酒吧裡。她熟練地把刀叉往吃完的空盤裡並排一放，直直看著西尼俊俏的臉頰，盯著他澄澈的藍色瞳仁。

花花說：我要去度個假。再不然，會發瘋。

不容一絲遲疑，她立刻接著說：你得幫我出這個錢。

她說得極平常，一般。或許因此，更彰顯其理由充分。

西尼將眼珠轉了兩下，大大出乎她的意料之外，說：

Ok.

絕不是因為他口袋裡有多餘的錢，他當然沒有。而是他無從拒絕。

1

這海沒甚麼特別的。水的顏色一般，除了靛藍，還帶一點泥色。這就是加勒比海嗎？花花兀自問著自己，有些不敢相信。不都說加勒比海的水是澄清碧藍的嗎？

或許她不敢相信的是自己果真獨自來到加勒比海。度假雖好，但這個決定卻是出於萬不得已，就像生病必須住院，她是因絕望而不得不做出的自救生存選擇。

站在渡輪的船尾，她直視著船後螺旋槳掀起的兩條白浪。灰漉漉的天空這時又灑下一陣斜斜的雨絲，混著浪沫，醒神得很。

但可別轉成大風大浪，那就得該犯暈船了。

妳不是最容易暈船的嗎，幹嘛搭渡輪？該搭飛機才是。

她看見西尼了。他靠著船舷，淡淡說了這麼句。頭髮被海風整個往後吹拂露出一張乾淨的、百分之百的臉。兩道眉毛上高高的額頭，圓鼓而平整真是好。她想，平時給頭髮遮了去，反而不容易見著。

她坐回甲板的木條凳上。旁邊有個女人，憔悴削瘦得像顆乾棗，對著纏著她的那兩孩子，嘴裡快速吐出一串西班牙語。話音剛落，較小的那個男孩，立即撲向女人的膝蓋。他姊則迅速往花花身邊落坐，不意撞到花花腿上。

女人把孩子拉過來。「Im sorry.」她向花花致歉，羞赧一笑，露出一個缺牙。

船上幾個男人菸抽得很凶，不知在嘀咕什麼，菸味隨著海風有一陣沒一陣地撲到花花鼻子裡。她開始鄭重考慮是否該換個位子，可菸味是隨著風向來的，沒準換了位子煙又吹到那裡。其實，平日裡她跟抽菸朋友一起的時候，偶而也會湊興抽一兩支。奇怪，自己抽菸不覺得難受，反倒是二手菸讓她嗆到受不了。

真是怪毛病，倒是頭一次聽說。西尼從鼻息中輕笑，翻過毛茸茸的裸身，伸過胳臂來將她摟住。

花花凝望茫茫大海，想著一個熱呼呼身體靠上來那種慰藉的必要。

她不自覺伸出雙手緊抱住自己的胳膊。

這時，抽菸的那群人裡有個矮個子的傢伙站起來朝海的某個方向指指點點，他們中間有人開始大聲嚷嚷起來，聲音斷斷續續地壓過海濤和渡輪的馬達。附近的乘客不時轉過頭來回望，他們這才安靜下來，像是怕引起旁人的注意。

矮子遂忿忿摔了香菸頭，用腳死勁踩了兩下。另外一個也照樣跟進效法。她看著，不禁竊喜。最好這群菸鬼全把氣出在摁死香菸頭上，不就免去她吸二手菸了嗎。

看樣子這一船都是樸實的當地人。有人帶了不少家當，鋤頭鐮刀各式營生的工具，還有的帶一籠雞，帶狗的自然也不在少數。他們跟紐約城裡地下鐵上看到的那些住布朗區打扮得花里胡哨；嘰哩呱啦大聲說個不停的波多黎各人完全兩樣。她好奇，到底是甚麼讓這些西裔、非洲裔以及中國移民在來到美國社會後，跟他們原居住地的同胞產生如此之大的變化？

船上幾乎沒甚麼觀光客——恐怕唯一的就是她了。

當然，若有錢早搭飛機了，也不用擠這兩個小時顛簸折騰的渡輪。她自然是為了省錢，但其實這樣挺好，反正她從沒想要來趟夏夷式的豪華遊，也跟這趟療傷之旅不搭調，不是嗎？

這渡輪是從波多黎各的聖胡安前往維也喀斯島（Vieques）去的，那是波多黎各東面的一個小島，許多年前她認識的一個美國人馬廷一家便住島上。不過，她手上並沒有馬廷具體的地址，只曉得去島南端一個名叫 Esperanza 的小漁村裡找人。馬廷的姊姊瑪瑞電話上說：你去到村子，問馬廷家在哪就行了，沒問題啦，連那兒的狗都認識他。

我先打個電話給馬廷行嗎？

他根本就沒電話！

她一聽，傻了。

村裡沒人有電話。整個他們那區只有一支電話。哎呀。瑪瑞笑道：你不用管電話在哪了，反正用不著就是了。我已經給他寫了信，他準知道你哪天會到。行。就聽瑪瑞的吧。她心想，待會上了岸，進了村，第一件事就是挨家挨戶找馬廷去。

船上的機械馬達聲和汽油味讓她有些要暈船的感覺。她把眼睛轉過去對著大海，刻意將視線放遠，鎖住長天的雲層與船後不斷掀覆滾動的白浪。

很難相信不過幾個小時之前，她才飛離紐約。

不久前她跟西尼宣告分手，緊接著他從她的生活裡驟然消失。她實在沒料到自己會失衡成那樣，不就是分個手麼？這個城市每天——若不上萬起碼也有上千人在經歷著同樣的事情，怎麼輪到她就不行了？

剛開始，表面上她還撐得住。直到某天，彷彿一陣颶風突然來襲，她悲哀莫名，哭倒在廚房的洗碗槽上。這之後，隨時都有要窒息的感覺。紐約下城無歇止的煙塵喧囂，樓下漫天吵嚷的車輛人群。她像被關住鎖住，一隻誤闖閉室的蒼蠅，倉皇亂飛，怎麼都找不著出口。

一個辦公室同事聒噪閒聊聲氾濫的早晨。她耳朵裡只聽見某個傢伙大聲嚷嚷著口頭禪 Go banana, go banana, go banana…

胸口悶得慌，直冒冷汗。當場便去跟主管辭了職，決絕得連自己都有些不敢置信，那可是她跳槽兩次好不容易才得到的職位呢。

失戀也不必陪上工作吧？她一面跟自己唸叨，坐上還沒到下班時間異樣空曠的地下鐵，轟隆之聲異常震耳。車窗玻璃上映照出一張失神的面龐，一頂軟帽耷拉在頭頂。自己看起來像張紙片人，徒有形狀而無厚度，樣子憂傷而滑稽。她感覺內裡空空洞洞，直想哭，但沒引頭，哭不出來。同時又有種從未有過的⋯⋯算是輕鬆吧，像是剛被洗劫過，一下子喪失一輩子攢積的財富。空到彷彿沒有重量，走起路來都飄飄的，彷彿一下子掉了許多磅。

至於那頂帽子，一回去便摘下丟到衣櫃頂上。她恨它，那帽讓自己看起來像個小丑。搬家時刻意沒帶走，有意將它扔了。

是她甩的西尼，是她先開口做的了斷。因為他愛了她，也得了她的愛，卻沒能力回報，更正確的是無法以她期待的方式回報。

西尼說他不知道自己要甚麼。他說不知道自己下一步、甚至現在這一步該幹甚麼。

但你知道自己不要甚麼。

對。

渡輪上突然起了一陣騷動。

不知他們發現了甚麼，大半的人這就往船的一側靠去，同時伸長了脖子，萬頭攢動，像是要搶著觀望甚麼了不得的景觀似的。花花亦不稍作怠慢，往眾人同一方向望去，極目四望，除了海還是海，甚麼也沒瞧見。渡輪忽地往一側歪斜，晃動得厲害。兩個穿制服的男人從船頭竄出，大力揮舞著臂膀嚷著要大夥兒歸位。

花花慌了手腳，頓時心跳加速。一邊緊抓著木條凳的板子，一邊急急四下問人：

怎麼啦？出了甚麼事？

沒人理會她。也或者人家用西語回答了，她卻根本聽不懂。

船還是繼續左右搖擺，孩子爆出哭聲，雞狗此起彼落狂叫起來，幾乎就到了船難那樣的程度。好在那搖晃一下比一下來得輕微，最後，渡輪總算穩住了。

就在這時，她看見了島嶼。

在海的盡頭，蒼藍而透明，形似一枚狹長的棗核，脊背微起波紋。靜守海域中。

隨著馬達的節奏，島嶼愈形擴大，愈趨真實，山巒脈絡也愈加清晰可見。她聽見周遭響起了歡呼。

2

看來，這島小到一天就能逛完。島的東西兩面全被美國海軍駐守，只有中間和其南邊部分，保留給居民漁民和觀光客。花花從渡輪下來便叫了一輛出租車，經過一個還算熱鬧的市鎮（其實也只有一條街），繼續開了約莫十來分鐘便進入這個海邊的漁港。她嗅著空氣裡的鹹腥氣息，海洋的氣息。陽光下海水蔚藍，亮著一層粼粼銀光。路邊除了椰子樹，還有許多不知名的、滿頭開得花枝招展的綠樹。

漁港在哪？她問。

這不是嗎？司機指著海灣邊停泊的幾隻小漁船，連同沙灘上覆著的幾艘。

這就是漁港？

對啊。

她默默唸著：Esperanza.

漁村只有一條路，轉彎進村後，若從那座舊水泥碼頭開始算起，一路依傍海灣沙灘往下延伸，最後通到幾幢民宅和後方未完全開發的樹林，從頭走到尾不過一英哩了不起。路上的人不少，還有雞和狗，就是車少。車窗外不斷傳來不知電視還是收音機的敲擊樂與節奏輕快的歌聲，讓人聽著直想起舞。

她發現自己正在努力一點一點地恢復快樂的能力，極盡可能的去消滅那個失魂落魄的自己。好極了，看來是來對了地方。

在這裡生活幾天以後，花花開始明白，大白天時，村民幾乎全出來晾在自家門口或路邊，而所謂的門口跟路邊其實無甚分界。人們不就曬網，曬太陽，或是打盹，或照拂小生意。或啥也不幹，光坐著瞇起眼凝視前方的海灣，伴著滿街滿巷播放的打擊樂和節奏分明的歌唱。

島上的時間彷彿比世界其他地方都要來得慢悠，生活的內容和調子就更是簡單和慢乎。中飯過後，有兩個多小時的重要時刻——世界和時間全在此停擺——各自回自家床上午睡。在這裡，坐著看海也跟他們的午睡一樣，都算是每天的日常。

馬廷家果然好找，進了村便一路有人指點。花花乾脆打發了計程車，自己下車步行。

有個賣飲料的店家，裝潢成酒吧攤的模樣，外簷覆蓋夏威夷式的乾草篷，木頭吧檯正對海灘。一個身著洋紅小肚兜身材火辣的白種女人在裡頭忙進忙出。店後面兩個幾歲大的孩子，各自頂著一頭金色鬈髮，陽光下十分好看。女人見到花花立刻抬起臉來跟她招呼。

知道馬廷家在哪嗎？花花問。

女人立刻反應過來：我知道了——你就是那個從紐約來找馬廷的對吧？

花花有些吃驚，但又覺得在這裡這種事完全理所當然。

我叫六月。後面那老男——花花看見店面後側一個白髮紅臉的男人，有些年紀了，腰桿卻依舊挺直。此刻老男正朝她大方地擺手。

六月說：那老頭就是我的老頭，That old man is my old man。

她倆都笑。顯然，老頭是她男人而非她老爸，雖然年紀大到可當她的爸了。

六月給她指點過馬廷家，不忘叮囑：晚上有空來坐喲。

花花到的時候，馬廷正光著脊梁坐在廊前補漁網。

馬廷胖了，也老了些。渾身曬得紅褐，胸前和頭髮都摻了白絲，看起來跟當地人的差異微乎其微，唯一的不同大概就是那對湛藍的眼睛。她其實跟他們談不上甚麼交情，說起來馬廷還幫過她不少忙，那是初來乍到美國時，不想直到如今他還是這麼的四海。她有點不敢回想那些年月，深怕打開藏在身心某處的潘朵拉盒子，一個不小心不知甚麼就會讓她無能招架的跑出來。

朵麗從屋裡閃出，一路帶著笑浪和顫音。她仍是老樣子。只是這日毫無妝扮，隨常到幾乎有些邋遢，鬢角不再油光水滑，髮絲也摻了白。

他們招呼擁抱。誰也沒多問花花為何來此，好像她並非若干年前搭馬廷便車萍水相逢的陌生人，而是一個老友，或者遠親。

他們甚至沒多問她的近況，也或者他們猜到了——一個年輕姑娘突然千里迢迢獨自跑來度假的可能性就那麼幾條。或許便是因此他們格外熱誠接待她，上上下下帶著她參觀這幢馬廷親手蓋的房子，裡外牆面都是方方正正的灰色水泥板，加上平屋頂，大門窗。即使沒怎麼收拾，有些凌亂——

但我喜歡。花花說：很當代，造形有點像個小型美術館。

不簡單。她開始佩服馬廷。看樣子他並非平日表現出來的那樣遊手好閒。

一入夜，朵麗便恢復了她冶豔的本能，黑眸深目，頭髮挽起高髻，露肩長裙，坐在馬廷的小吉普車裡一路咯咯笑聲不斷，顴骨上開出頑皮的魚尾笑紋。一朵真正的夜來香。

「法國屋」簡直是這個窮困漁村小島上的異數。其實她真正的名字應該是「法國人之屋」La Maison Française，想當然是彼時法國人來到島上建造的。

連馬廷也不知道是甚麼年代由何人所建造。

朵麗猜說可能是十九世紀西班牙人殖民之前，也有可能是二十世紀前葉。

馬廷縱聲大笑：反正也只有這兩種可能。

趁著還有些天光，花花繞園子走了一圈。這是幢象牙色的建築，門庭兩根圓柱，優雅而氣派。造型看似簡潔，但無論偌大的花園、叢樹、草坪，花園中庭的酒吧，還是室內光燦的木質地板與十九世紀品味的裝潢擺設，處處莫不顯耀某種優越和優渥，毫無保留地披露了建造者對這個島嶼的視野。那就是——將她變成自家的度假殖民地。從這點來看，「法國屋」不僅不是異數，簡直是一個必然。

如今，「法國人之屋」成了這島上最正點的旅館。整個漁村中唯一的一支電話，便設於此。

這當兒，他們正圍坐花園吧檯邊的高腳凳上，在茂密叢樹，草坪與懸掛小燈之間，慢慢啜飲西班牙雞尾酒瑪格麗特。晚上的酒客不少，悉數白人，紅著臉縱聲談笑。

這裡會不會曾是當年殖民署長的官邸大廈？花花問道。

馬廷笑了，露出一個缺牙：

真會聯想。

如果是，恐怕早已列為古蹟保護起來了吧。朵麗說。

算了吧。馬廷有些醉意：這裡誰有閒工夫來保護甚麼古蹟。他轉過紅通通的腦袋對著酒保：再來一瓶啤酒。

花花現在才發現朵麗說得一口很正的英文。剛來美時她的英語差，無法聽出好壞，只曉得朵麗是西班牙人，能說西語。

朵麗問起當年那個同花花一起的男孩。那自然不是西尼。她倒是早有準備。

我們分手了。

呃。朵麗顯得很訝異。馬廷對花花意味深長地望了一眼，沒多說，繼續喝他的酒。

她想跟他們解釋甚麼，又想說說最近跟西尼的事，卻不知從何說起。隨口扯出一個番茄和番茄醬ketchup的陳年笑話。

三個番茄走在路上：番茄爸爸、番茄媽媽和番茄兒子。兒子越走越落後，爸爸過去擠他快點趕上：Hey, catch Up!（Ketchup番茄醬）

一點都不好笑。

說完她自己卻率先大笑起來。

一對男女從酒吧的圓桌旁站起，女子身穿雪白細棉縷花衫裙，濃濃殖民時代風味的古典樣款。二人垂頸細語，看來像是一對新婚蜜月夫婦，相互攙摟著走上花園小徑，彷彿走進一個夢裡，消失在茉莉花香灌木叢的盡頭。

*

她是被小孩子的笑鬧聲吵醒的。早上耀眼的陽光刺進她惺忪的眼皮，他們最小的兒子爬在窗框上晃悠，像隻無尾熊那樣。早些時沒注意到，所有的窗子竟都沒裝玻璃，只鑲了個長方形的木框。喔，這風雨來時可怎麼辦？島上不是有颱風季的麼？

昨天馬廷說起親手蓋這房子，說時還不無得意。只是，為何沒鑲窗呢？或許是還沒完工？

樓下，朵麗正做早餐，香味不斷飄上來。她下樓，馬廷仍坐在廊前補網。朵麗端著一盤炸得金黃，香味四溢的食物往桌上放：飯好了。

花花辨識著那味兒：好香，是炸魚，對吧？

朵麗的臉色突然顯得有些僵：不，是炸馬鈴薯。

果然是炸碎馬鈴薯絲。因為是餅狀，看著竟像魚片。

可好呢。我就愛這個。她應該這樣順水推舟才是，然而她卻不知如何接茬。

一眼看到兩個較大的孩子都在，便隨口問道：他們不上學嗎？

朵麗停了半晌，慢吞吞地說：老大學校放假。阿杰麼，最近老不舒服，所以在家歇著。

馬廷突然插進來說：怎麼不帶去醫生那裡看看？

這不正要約時間嗎？朵麗回道：每天家裡的事情多到做不完，你又不是不知道。

不是事多，而是做事需要有組織，即使是家事。

馬廷說完，又加強語氣地揚起食指點著：做事一定要有組織。這一回，他的口氣表情帶了點開玩笑的神情。

花花發現朵麗做飯都還戴著老花眼鏡，她看起來確實蒼老了許多。他們家老二阿杰歪在沙發上，有氣無力的，眼泡泛著青紫。花花覺得不該問的最好別多問，便朝朵麗說：待會我幫你收拾。

妳不是要出海嗎？

花花興奮起來：對啊。便朝馬廷問道：那我們甚麼時候出發？

就等妳，我都已經好了。

3

馬廷開足馬力，小船箭一般劃過海面向前衝。船側濺起兩道羽翅般的白浪，不時有浪沫朝花花頭臉身上撲打。她坐在船尾，迎著鹹鹹的海風，滿眼俱是海天浪濤，感覺從來就只有這麼一個視野，這樣一個世界。

這樣開了十多分鐘，他們離島已經很有段距離了。馬廷熄了引擎，任小船飄悠。

你看你看！花花叫道。

是海豚。好幾隻，沿著船舷以拋物線狀不斷跳躍，向他們展示善意。

馬廷微微笑著，似乎在說：這算甚麼，只要出海到處有得是。

她忽然想起日前渡輪上的事來，便說了說。問馬廷可知日前附近海面到底發生了甚麼。

隔了半晌，馬廷才問：在哪？

她環顧四周，全是海。哦，我也說不上來。

馬廷抬抬下巴，隨便一指：那是禁區。

可這島是屬於當地人的。花花立即反應道。又加上句：他們有權愛去哪去哪。

馬廷沒理會她，像是根本沒聽見她話似的，轉過身去，使勁將引擎狠抽幾下，小船立即加速往前衝。她想再說點甚麼，但引擎馬達聲實在大，馬廷又背對著她，如何再說？更有可能的是，馬廷毫無繼續談這話題的意思。

她又看見西尼了。瞇著眼，嘴角微微上揚。兩條長腿有些沒地方放似的，彎著，手臂搭在兩側的船舷上。頭髮被海風整個往後吹拂，露出高高的額頭，圓鼓而平整。唱個歌吧。西尼說。

她看著西尼。想起有回在火車站，冬天。他送她上車，本來已經走了，看車還沒開動，又折回來，再次親吻她。然後車開動了。他大步跟著列車在月台上向她揮別。

列車長經過，臉上一抹暈陶陶的表情：你們倆，好像在電影裡。

跟西尼以及一夥人去加州山裡背包徒步旅行那次。夜裡露營，滿天繁星多到不行，從來沒見過那麼多星星，要比小時候去植物園科學館看到的星河模擬還多得多，彷彿一伸手便能抓一把似的。

回程下山西尼開車。車開了個把小時，正值下午時分，大家都在打盹。

糟糕，我也好睏。西尼說。

我給你唱歌吧，免得你睡著。花花唱著唱著，不覺也昏昏睡去。

忽然砰一聲大響，猛一震顛，他們全震醒過來。不好！撞車了。幾個傢伙失魂似的一一爬出車外，所幸沒人受傷。包括另部車裡的人也都安然無恙。

她開始唱了，對著海天浩渺。一支唱完再接一支，英文中文法文，把會的歌全唱了個遍。她唱得那麼專注，整個人沉浸在每一支歌曲、每一句歌詞裡面，連馬廷何時將引擎熄火都沒察覺。

忽然聽見馬廷說話。

夠啦。

甚麼？

馬廷不耐煩：妳別唱了行不？

她看著馬廷，有點不敢相信，但他的藍圓眼看來不像在開玩笑，曬得通紅的臉上明顯露出不耐。馬廷從來沒在她面前發過任何大小脾氣，但想想，這其實完全合乎他的性格。更有可能是有事惹惱他了。

但那是甚麼呢？

海面一片深藍。

大概是因為水的深度，所以藍得非常濃烈。Ultramarine Blue，她想到那道顏料的名稱，對噢，海洋藍之極致。

花花是學美術的，大學畢業後立志要去紐約（到底為了哪條，其實她也說不清）。總算運氣不惡，在設計公司找到一份不錯的差事。但她要的僅僅如此嗎？當然不是，也或者設計公司的差事都不是她要的。她想，自己千里迢迢大老遠從東南亞跑來，為的不就是要徒手建立一個自己的世界？西尼的名言不就是：我不知道自己到底要甚麼，但起碼我知道我不要甚麼。

西尼說她：你是知道自己要甚麼，卻不知道自己不要甚麼。結果你要的還沒要到，倒弄了一堆自己不要的。說完大笑不止。

花花也跟著笑，傻傻辯解：即使我不知道自己所要的全部，起碼我知道所要的某些部分。

愛情當然是其一。對這個年輕的移民姑娘來說，除了性和繁衍的需求外，愛情幾乎等同家庭，庇護，以及情感和慰藉大部分的出口和泉源，甚至包含了心理和精神的層面。愛情哪裡只是建立新世界的重要部份，根本就是這個新世界的整體基石。

儘管她在家鄉一向被公認為美人，是多數男子競逐的對象。來到這個白人的世界情況可就大不一樣了。她也注意到一個有趣的現象，一般來說，在這裡對她有興趣的男人，包括那些在路上多瞅她幾眼的傢伙，幾乎全是那種保守寡言自閉，跟開朗和性感完全扯不上邊的內向男，書獃子。像過去宿舍樓下讀神學院的狄克，花花一眼就能看出來，早在他頭一次見到她時，就已經把那種順從服貼東方姑娘的期待扣到了她的頭上。

花花沒好氣地說：別來煩我。我可不是你想像的那樣。

狄克苦著臉打哈哈：咋啦？我做錯甚麼了？

把誤解中的東方世界轉換成對自己有利的夢想。這還不算是錯嗎？

西尼不一樣。他從沒認定花花該是個甚麼樣，他恐怕根本從沒想過找啥樣的老婆，東方西方長短胖瘦一概沒想法。他甚至連交啥樣的女友可能也沒想過。說穿了，西尼其實也是書獃子的原型，只是他比一般書獃子要來得反叛些，更不在乎些，也更具懷疑論者的精神及實踐。另外，他還是北加州空曠大地長大的自然派，沒啥別的嗜好，就是青少年時愛抽幾口大麻。認識花花時，他正徬徨著，不知應否繼續鑽研那個嚼之無味棄之可惜的博士學位，還是乾脆放棄。或許是大麻的迷幻效應讓西尼的人生視野變得虛無，他不僅懷疑一切既定的價值，也懷疑一切決定的必要性。

倒是，西尼肯來紐約全都是為了花花。來紐約後，立即在華爾街找了份工作，拿基本薪，為了上班需要他特地去排隊搶購一套平價西裝。第一次看野慣了的西尼拘謹地穿上西裝的彆扭樣兒，花花心裡的確有些不忍。

我在想，如果你從未碰過大麻，是不是今天會完全不一樣，變成積極上進經世濟學那種人了呢。

那樣的人你會愛嗎？還有，那樣的人會不會愛你？

花花啐他：你疑這疑那，可就對抽大痲這檔事兒從沒懷疑過。
那玩意兒我好多年都沒碰了。
可它的效應還在你的腦子裡起著作用，對你影響深遠著呢。
就算是吧。西尼瀟灑一笑：中毒太深，沒法治啦。

四下一片寂靜，奇怪竟然一點浪都沒有，海面上只有微微起伏的波紋。
看久了，感到眼花。
我們回去吧。她跟馬廷說：我有些犯暈船。

4

在這島上，日子幾乎是一成不變的，不管星期幾，不管幾月或甚麼季節，連溫度氣候都一模一樣，毫無變化。景色麼，除了海灣跟沙灘，便是道路和民宅，也是一成不變的。

出海當晚她便搬到村路底端的這家平價旅館。幾天住下來，她開始習慣這裡的日子和步調。很快的，覺得自己也成了村裡的一景和一員；就像當地孩子每次看到她都忍不住追著叫：China，China！

六月說：就是中國女生，也是橘子的意思。

就連這聲叫嚷，彷彿也都變成這裡的一部分了。

每天起來後即換上泳衣，拿著蛙鏡蛙鞋漫步到海灣去浮潛。有時一兩個鐘點，有時短些。海灣相當安靜，偶爾也會有別人來，但總相隔甚遠。海裡浮潛的時候，幾乎從未遇過他人。整個海洋，彷彿都成了她的。

在水裡，她聽著自己的呼吸，猶如擴音器播放——呼隆，呼隆，同時夾雜緊密的心跳——咚咚，咚咚。各色魚隻從身邊滑過，在投下驚異地一瞥後趕緊游離開來——她是這水中的不速之客（怪魚？），頭上頂著類似蒼蠅眼的放大玻璃鏡到處偵伺察看，一雙猶如章魚般的肉爪，隨意東摸西撿。下身還有兩條壯碩有力的尾肢，一雙蛙蹼，稍一彎踢，便能游行甚遠。

但只要將頭往上一翹，浮出水面，掀開蛙鏡，立即變回最平凡的人類，回到她所熟悉的地面的世界——山脈起伏，海面微盪，雲天依舊。

她深深地、大口地呼吸著乾爽的空氣。感覺真好。

真感覺好嗎？

她想大聲問自己。可她連這點都做不到。她不敢，深怕揭穿，自己將發狂崩潰。

她很快學會了這裡的生活習慣，甚至走路的步調也變得慢慢悠悠拖拖拉拉起來。一邊走，一邊看著自己的影子在石子路上黑幢幢地一蹭一蹭。旁邊，不是幾隻步行啄食的雞，便是光腳晃蕩的孩童。下午，她也開始養成午睡的習慣。在這種燦亮陽光和炎熱的氣溫下，人的體力幾乎大半都被陽光氣溫吸收了去，只要在外頭隨便逛會兒，即使不幹甚麼，也會感到乏累。更何況每天她在海水裡泡那樣久。

晚上，固定在旅社的餐廳用膳，她還滿喜歡歐巴桑弄的波多黎各菜式。像是把玉米粒擱在油醋拌的沙拉裡頭，格外能嚐出玉米的清甜，或將煮過的海螺和大蝦切成片的涼菜等等。

這裡的太陽落得晚。她坐在夕陽斜照的餐室裡，陽光將盤子或飯食鑲上金邊。

她像貓那樣瞇起眼，叉起食物小口小口放進嘴裡，夕陽混著寂寞的味道讓她感覺有點想哭。不管怎麼說，能在飛離紐約幾千哩外的熱帶海濱品嘗孤寂，總還算是扳回一城吧。

夜裡，她常到六月的酒吧閒坐，隨便聽六月東拉西扯「我家老頭怎樣怎樣」。得知花花剛失戀，六月坦白告訴她：別寄望在這裡找到男人。維也喀斯出產的男人太少。

我們家老頭？六月大笑：是我在明尼那布勒斯機場酒吧打賭贏來的。

花花偶爾也去「法國屋」。那對新婚夫婦還在著，每夜都在花園酒吧占一圓桌，女子依然一身典雅仿古的細棉鏤花衫裙，兩人依舊低頭絮語，慢慢喝完杯子裡的酒，然後攙摟著走上花園小徑，消失在茉莉花香灌木叢的盡頭，彷彿走進百餘年前殖民時代酣醉的夢裡。她說不出是羨慕還是嫉妒，只模糊感覺自己大概一輩子也不可能有這樣的關係和這種時光。畢竟，十九世紀遠矣，小淑女型的浪漫對她來說是否有些假？

「法國屋」甚麼都好，就是園裡的蚊子太多，她被咬到紅癢難忍，最後只好捨棄不去了。

這兩日，她注意到有個黑男人常在海灘後的椰子樹那兒出沒。她不確定他是來游水浮潛，蹓躂，或還有其他的企圖。

浮潛完後，她走到椰子樹旁，不想竟跟黑男子遇個正著。

難道自己被跟了？

他手上拿著個袋，衣衫完好，不像是才下過水，但或許正要下水也未必。看起來像是當地人。還是個孩子吧？特別瘦，頂多二十歲上下。

他走到她面前突然站定，似乎準備要說甚麼。臉上黝黑一片，沒有任何表情的線索。

你最好離我遠點。不料她率先開口，直直盯著他說。不確定他能聽懂。

男孩怯怯打量她一眼。驀地轉身，往反方向去了。

黑男在她當日午睡的夢境裡反覆出現。先是像西尼那樣柔情地撫弄她的腰肢，無限纏綿，但更多的是騷逗，這讓她一度難耐到不行；繼又全身塗抹鮮豔油彩如同Nicolas Roeg 所拍澳洲電影《澳洲奇談》（*Walkabout*）的沙漠土著少年那般圍繞她，狂跳猙獰的求愛舞蹈。兩者交互參差夢中，如拼貼般碎裂地狂亂演出。她兀突突嚇醒過來，渾身是汗。

安定下來之後，腦裡無端闖進奈波爾在《抵達之謎》中提到某個小說的梗概：

一個年輕女人對倫敦的社交圈子感到厭倦，她決定去非洲當一名傳教士。她與大家道別，被她遺棄的情人們痛苦程度不一。一條船；遼闊的海洋；非洲海岸；雨林中的一條大河。年輕的女傳教士被非洲土著逮住。在酋長的住所，她幻想會遭到強暴，也幻想著這裡的妻妾成群和被閹割的黑人奴僕。結果，她被用一口大鍋煮熟吃掉了。她在倫敦的一位情人發現，她唯一留在人世的遺物，是一套掛在木十字架上的二〇年代式樣的時裝，像個稻草人。……

她的眼光緩緩移至浴室玻璃門上掛著的自己的泳衣。她的思緒縹緲，進入一層幻想。如若自己出事，西尼捧著這款泳衣怔忡站立於此的光景。

*

週末，當地一群小青年在舊碼頭玩跳水。有男有女，吱吱喳喳好不熱鬧。

花花也過去湊興。跳水的程序很簡單，就是在距碼頭尾約莫五十米的地方開跑，跑到盡頭，縱身一跳，爆起一個大水花。然後在浮力很大的海水裡划兩下，人一浮上來，起身上岸，再輪流接著跳。

縱身跳下去的感覺很刺激。跳進水的那一剎那，有點像是一枚炮彈衝向海底，等下衝到底的勁沒了，雙腳用力一蹬，兩手一撥便自然浮上水面，猶如一尾魚。

大家樂此不疲。

這碼頭本來是過去糖業興盛時運糖用的。海軍來了以後，蔗田不是被占就是荒蕪，島上的糖業便因此沒落。然後很多人都走了，有到本島的，也有的去美國，沒走的大部分都失業。

跟她說話的是阿圖若，還有他的朋友厄瓦多，他倆的英文講得都還行。身邊有倆女孩，一個叫柔沙，一個是瑪利。到後來，花花就跟他們混熟了。

晚上，他們一同去 Poca Boca，那是當地最火的一間酒吧舞廳。

當初她從渡輪下來經過一城鎮，便奇怪街上為何聚集那麼些人在晃蕩，原來全是衝著 Poca Boca 來的。年輕人在昏黯、懸掛各色小燈的廳裡跳拉丁舞。

她被這眩目的景象弄得有些癡迷。年輕男女的舞姿很特別，他們身子黏貼非常緊密，同時又能不停地扭動，尤其是下肢。表面看來幅度雖不大，扭得卻極為性感。真神了，到底是怎麼個扭法？那樣不停地，隨著節奏韻律地擺動，彷彿顯微鏡下的草履蟲。

卡爾是他們的朋友，看上去老成些，兩眼深沉，嘴角的笑弧像是專為逗引女人而生成的，英文講得幾乎不帶甚麼口音。

跳支舞吧。

還沒等她說好，卡爾的手臂已環上她的腰肢，那臂彷彿有魔，雖輕柔但有力，將她滑拉帶進舞池。

她勉為其難地扭著，感覺越想學越學不像。她不知自己跳舞的樣子是否還行。看來，卡爾不只舞藝，調情也是高手——他們哪個不是？阿若圖和厄瓦多這會不也正和柔沙瑪利磨蹭到不行。

Poca Boca 甚麼意思？她問卡爾。

甚麼？他像沒聽清，大聲回問。耳朵幾乎貼上她的面頰。

酒吧名字甚麼意思？她放大聲說。

小嘴巴。卡爾回道。這時他的嘴唇蓄意碰觸上她的耳根。隨著一呼熱息，柔軟的觸覺暈散開來。他一使力扳緊她的腰肢，她的下身不由自主向他靠攏。

她甩下卡爾，逕直穿過舞池。一路跌跌蹭蹭，像游泳那般雙手從中分裂扒開熱烈扭動的草履蟲群，跑到街上去叫車。

她高舉雙手，舞動著。兩腳跳躍而起，大聲狂叫——Taxi。似乎沒人在意她的瘋癲，反而正好為這狂歡之夜當個註腳。

人潮很旺，多是年輕人，大抵是去「小嘴巴」湊熱鬧的。她吼著跳著，跌跌撞撞，逆著人潮行走，穿過幾個街角，車還是沒叫到。

最後一次跟西尼走路也是在夜裡，從華爾街的世貿中心一路走到布魯克林大橋。

夜裡有些冷，但還算清朗。即使如此，整個夜空以及對岸燈光還是籠罩在一層氤氳中。

他倆走得開開的，深怕靠近那麼一點便會擦槍走火。

西尼忽然嘆口氣，說：你不老說自己不是典型的東方女人，但你一樣很在意感情的形式。

那你認為非典型的東方女人應該怎樣？

用一種開放的心胸去看待——

看待甚麼？愛情嗎？

西尼不語。

感情放下去就像種子埋進地裡，時間越久它生根越深。你要終止它，挖起來的就不只是一粒種子，而是連根帶土的拔起整棵來。

她想說，但沒說出口。也許她說了，或者在這之前說過。有分別嗎？說或不說。

他們在一起有兩年多了，從紐海芬的校園到紐約曼哈頓。她想起每次他在她樓底下出現的光景，挺拔地站在樓梯末端，門外亮白的日光灑向他臉上的笑容，肩頭，抱括整個人都照亮起來。他那樣雙手一攤，揚起下巴，哈囉一聲，一副「嗨，我來了。」的樣態。

然後他們一起吃她弄的晚餐，度過整個晚上，有時整夜。

誰也沒再說甚麼。兩人默默走到地下鐵站。沒幾站就到了。下了車，旁邊即是小公園，這夜陰森得像墓地。整條街上只有他倆，一陣寒風颳過，吹得地上的傳單紙屑亂飛。

西尼站定，有意要輕鬆，抬起臉指著不遠處的一幢樓說：你不是一直想知道嗎？就那棟高樓，是安迪沃荷在住的。

誰在乎那些！她瞬間激動起來：我才不管甚麼沃荷不沃荷。你懂甚麼典型和非典的東方？你懂甚麼女人？你甚麼也不懂！她不可抑制地迸出淚水：你一個東方文字都不通，你能懂甚麼東方？你又哪裡會知道流血和經痛？

她大哭著，逕自拿起腳來向前奔去。

她飛奔著，身體彷彿上了弦似的停不下來。然後她像賽跑到終點的選手那樣，大幅度甩著兩隻胳膊，滑翔似地將兩腿減速下來。

她發現自己滿臉都是鼻涕和淚水。能哭也挺好，也是一種開心吧。於是她又笑起來，咯咯咯咯咯。

她恍惚著，不確定這些全都發生過，是發生在過去還是這一刻？

唯一可以確定的是，與西尼的時光已經不再。兩人彷彿在巨浪中載浮載沉，一旦鬆手，便隨水而去，越漂越遠，大水與浪濤橫隔其中，形跡漸遠，再也追不回來。

這時才注意到街面已經冷清下來，不曉得自己跑了多久，腳感到有些發痠。幾點了？這些日子因為浮潛，她連錶也懶得戴。應該有十二點了吧？

零星有出租車打身邊經過，不是要叫車的嗎？她忽然清醒過來，卻都沒能及時攔下。這當兒，有部車從她身後緩緩駛來，她還沒來得及揚手攔呢，車已在她面前停下了。

司機是個黑人。她說了兩遍地址，想確定他是否知道路。

我知道。我認識你，China。

花花從後視鏡裡見他笑了下，露出一口森森白牙。

記得麼？司機說：在海灘。

竟是那個黑男。

頓時，她的心跳霎然停住。

5

她在暗中醒來。

摸索著找開關。應該就在床頭，卻沒摸著，心頭倏然一驚：這裡不是她曼哈頓的公寓。

她生還似地清醒過來。知道這是哪裡了，漁村大條馬路盡頭的平價旅館。原來，自己仍舊在島上。她的手開始四處摸索，似乎想確定一下甚麼。

床上沒別人。

逐漸的，眼睛開始習慣室內那種沒底的黑，約略能夠辨識房內模糊的輪廓。黑夜正在分分秒秒退下，破曉的闇昧之光絲絲滲入。

她深呼吸，直到心跳逐漸穩定。

昨夜……

「小嘴巴」潮熱的空氣，菸味酒氣，黏答答、濕漉漉、草履蟲般扭動跳著拉丁舞年輕男女的身軀。阿圖若，厄瓦多，柔沙和瑪利，卡爾⋯

跟蹤她的黑人司機⋯

不，不。你弄錯了。黑男急急辯解。

我是去海灘蒐證的。

他進一步解釋：那邊的海底也有海軍試射的炮彈殼——他們不該射到那裡。但我們要找到才能算數。

我們？你說的「我們」是誰？

就是島上的居民啊。當地的漁夫要來一次示威抗議，就在最近。

為了哪樁？

你不知道嗎？海軍試發砲彈，打沉一艘漁船，死了兩個漁民。

這甚麼時候的事？

就最近啊。

花花沉默下來，一下子似乎有一堆問題湧上。她問：

你為甚麼要告訴我這些？

因為妳在問啊。而且，這全都不是祕密。

她突然想起渡船上那群抽菸憤怒的男人，全船人往某一個方向湧去並且指指點點；包括阿圖若和厄瓦多跟她提到島上的種種情況。還有馬廷在海上的奇怪反應。

你知道，我們需要讓外界知道這場抗議。越多人知道，消息傳得越遠越好，事情搞得越大越好⋯⋯

他的這番話，不知怎地，竟讓她感到一股氣力從心底油然而生。醞釀著，彷彿細胞分裂那般快速地繁殖滋生，到一定程度，這股氣力突然澎湃起來。

除去這層，她還想到了馬廷這家人種種的好。

她急急起身，在幾個鐘頭裡快速地打理著事情。第一就是先到「法國屋」去掛長途電話，從航空公司開始一路打起。

忽然之間她竟記不起紐約室友的名字來。及至接通，對方更顯得有些不知所措，不知她幹嘛大老遠要費事打昂貴的長途電話來。

喔，原來是妳機票要延期。好啊，這裡都沒事。好啊那妳就好好多玩幾天囉。

不是為了玩。因為這裡，嗯，島上發生了一些事，所以⋯⋯

她本想把話說個痛快的。這時才意識到對方並沒必要知道，根本人家也不想知道。這室友是她臨走前才招到的，基本上不怎麼認識。怪不得人家接到她電話會那樣吃驚。誰又在乎她過了該回的時間而沒回來呢。

她掛上電話，手卻還握著聽筒。

在她居住的這個上千萬人的大城市裡，竟無一人需要她去通報自己的行程。

對。沒有一個人。

這想法使她黯然呆了半晌。

梅南。

她回過神來，瞬間想起室友的名字叫梅南。

這個符碼彷彿是個奇妙的轉折點，讓她立即斬斷不必要的自憐情緒，開始一心計劃起該做的準備。先帶上相機吧，慶幸截至目前為止只拍了幾張而已，帶來的膠卷還剩不少，否則在這種窮鄉僻壤，肯定買不到感光度合適的膠片。即使有的賣，也一定所費不貲。另外，既有一堆行程要走，在這之前，先得列個清單，並且把肚子填飽。

6

由法朗戈帶路，花花當天便拜訪了島上好幾個人家。法朗戈就是那黑人司機，其實他已二十多歲，沒準比她還大些。他充當起她的翻譯，因當地很多人只說有限的英文。花花說應該來籌劃拍一部關於維也喀斯島的紀錄片，不只是試射炮彈造成的意外，還有強占島地，敗壞經濟，更要緊的是炮彈碎片和重金屬廢料未妥善處理造成的後果。得把這些議題一一列舉出來，公諸於世，才好推動對策。

法朗戈的眼睛頓時閃亮起來：對。這想法超棒的。

他臉上冒著油光：走，我帶妳去見抗議的主事者。

他們到馬廷家的時候已是黃昏。運氣不錯，馬廷果然在。

主事的漁夫叫阿力，他說明來意。用意很簡單，就是要馬廷也務必出席這場抗議。

總不能讓他們說我們自己漁夫都不關心，都不支持吧？

我看看吧。馬廷的態度一點也不積極。

不用說，馬廷顯然對花花跟這些人同時出現在他家非常吃驚。但他只是跟她輕點了個頭，輕到幾乎看不出來，拿海藍色的圓眼看了她一眼。除此之外，啥都沒多說。

現在除了你，只有老亨和發仔兩個沒法參加。阿力說：你知道的，老亨是走不開。發仔嘛，生著病。

馬廷沒搭話。

花花問：朵麗在嗎？

她不在。

花花以一種平緩的口氣，開門見山地說：

島上發現越來越多的孩子生了病，得的是各種不同的癌症，還有的是非常罕見的癌症，包括年齡很小的孩子，甚至兩三歲的都有。當然很多大人也得癌，總之這島上得癌和肝病的人比例高得嚇人。醫生和專家都認為這跟海軍炮彈裡的重金屬有關。這裡雖是美國殖民地，但也不能讓維也喀斯被海軍當成永久的射擊場，亂丟炮彈碎片的垃圾堆。特別這幾十年下來，已經鬧出這麼多的問題……

聽到此，馬廷再也按捺不住，把手一擺：行行行。你到底是來玩還是來搞活動的？

花花說：我既然來了就不能不關心。你家老二身體好點沒？

馬廷說：朵麗帶他去看過醫生。

花花急急問道：要不要緊？醫生怎麼說？你知道這島上很多孩子都得了要命的病……

馬廷忽然有些動怒：我兒子好得很，不用你操心。

阿力上來要勸，馬廷將他推開：全都給我走！

他們一行人像一支散漫的隊伍，默默走在村子的路上，一側的海洋在太陽照射下逕自散放耀目的粼粼之光。

法朗戈輕碰花花的手肘，低聲道：

或許馬廷還在夢中。

走過六月的酒吧攤，收音機裡傳送出快樂的波多黎各歌唱和敲擊樂聲，穿著洋紅肚兜的六月依舊情緒高昂地跟他們打著招呼。

太陽下，路邊一排花樹的陰影非常濃烈，海灘上，寂寞地覆扣著油漆剝落的木製漁船，青藍的海水推擠著海浪的白沫舔上沙灘，

或許，馬廷怕的是他的嬉皮夢碎。

7

回到紐約的時候，正下著漫天大雪。

花花從機場叫了部出租車，直奔曼哈頓下城的公寓。她望著車窗外飄落著大片的鵝毛雪花，美得簡直有些假，彷彿置身一組畫片中。

從維也喀斯出發的時候還是早上。她這次決定不坐渡輪，而是搭飛機回聖胡安去轉回紐約的航班，而且早訂了票。未料天氣竟然壞成那樣，颱風下雨，就只差不是颱風了。這架只有七個座位（包括駕駛）的超小飛機，全機上只有三個人。她的座位就在駕駛後面，透過擋風玻璃前景看得極為清楚。小飛機在風雨裡不住地抖動，引擎聲大得嚇人。大風大雨侵襲下，機身一下斜這邊，一下傾那頭，飛機像隻羸弱的小蜻蜓似的在豪雨的海面上顛簸。眼前的海面變換著不同的角度傾斜，那光景簡直像是隨時會散架掉進海裡。

我們沒問題吧？最後她還是忍不住問了句。

哈哈，不要緊。旁邊的那個波多黎各仔笑得咧大了嘴：哈哈哈，真的，沒問題沒問題。哈哈⋯⋯

她不解他幹嘛要笑成那樣。

駕駛大聲安慰地說：經常這樣，經常這樣。我們都很習慣。真的，沒問題的。

哈哈，啊哈哈。旁邊那人繼續不停傻笑著。

是啊，緊張甚麼。她索性舒舒服服坐穩了，像看一場暴風雨電影那樣，眼睛一眨也不眨地盯著前方特好的視覺效果——風雨不斷襲擊，底下動盪洶湧著灰渾的海浪。

她完全沒多花心思在飛機會不會出意外這回事，而且很快就習慣那陣陣的傾斜和震顫，她甚至沒想到那傢伙不停地在笑有可能正是因為太過緊張。在那一刻，她心裡腦裡塞著想著的，全都是回到紐約如何籌劃維也喀斯紀錄片這檔事。

而在如何籌拍紀錄片的思緒中，又不時湧現這幾日的回想。在法朗戈家裡，看見他那兩個得癌的妹妹，大的十五歲，小的那個才十一歲。還有一家有個四歲的女孩，得的是骨癌。一個十二歲的男童，淋巴生了腫瘤。所有這些孩子和他們的父母望著她都是同樣的眼神，那種滿是企盼，希望和期待的眼神。肯定他們對所有來的採訪者都是如此，盼望這些人能幫他們把這絕望處境的消息傳達出去，期盼終有一日輿論力量能讓美國海軍和政府對他們負起責任來。

窗外飄落的雪花越來越密，城市已經大半覆蓋在一層厚厚的白雪裡。

梅南在廚房檯子上留了張字條，她出城度假去了。

街道上分外冷清。可不是？都聖誕節了不是嗎。

過完節，溫度回升，雪就這樣融掉了。

她趁放假這空檔（還沒到復假找工作的時候），埋首紀錄片的企劃案。三天兩頭跑圖書館，也儘可能聯絡可送件的媒體和基金會。試試吧。她想，先別管能不能成。

春天來的時候，她找到一份新工作，已經開始做了幾週。忙得很。像是上了一列快車，每日不停地往前奔馳。

多虧埋首那套紀錄片計畫案，讓她整個的、徹底的忘卻西尼。她的熱情像是突然轉了一道彎，連帶的那些曾經不斷折磨她的剩餘情感和記憶，也都彷彿是拋在車後的塵土。

只是厚厚一疊企劃案的備份稿還擱在書櫥裡，沒人有興趣拍。可能是她的企劃做得不夠成熟，但無論如何，她盡力了。

某日下班，她正站窗口。寒風裡，忽然瞧見一個熟悉的身影從對街走過。

他的西裝對襟開著，領帶鬆斜了，那樣無目的卻又神色匆匆。他的褐髮參差，硬柴柴的，人瘦多了。像是無處可去，同時又急於尋覓目標。

一頭踟躕荒地迷路的野狼。

已經很久很久，她不曾想到西尼，甚至連多久她都記不起來了。那一切都像發生在很久以前。

此刻，竟然意想不到看見他。

她木訥半晌，忽而回過神來。但她沒感覺了，彷彿看到的是一個眼熟的路人，或一個曾經在影片中見過的角色。

西尼的出現，只讓她連帶想到維也喀斯。

在海的盡頭，蒼藍而透明，形似一枚狹長的棗核，脊背微起波紋，靜守海域中。隨著馬達的節奏，島嶼愈形擴大，愈趨真實，山巒脈絡也愈清晰可見。這時，周遭響起了歡呼。

空氣裡的鹹腥氣息，海洋的氣息。

陽光下海水蔚藍，亮著一層粼粼銀光。

海岸旁的路邊除了椰子樹，還有許多不知名的、頂上開滿粉嫩花朵的花樹。人們不就曬網，晒太陽，或打盹，照拂小生意，或啥也不幹，光坐著瞇起眼凝視前方的海灣，伴著隨時隨地播放的打擊樂和節奏分明的歌唱。

所有被遺忘的東西，都像發生在很久以前，那怕實際上只有區區數月。但是過去很久，重新不斷浮現的事物，卻往往清晰得像昨天一樣。

許多年後，她在電視新聞裡看到有關維也喀斯的報導。總算有人注意到了。這之後，島民繼續抗爭不休，也不斷出現相關的紀錄片和新聞專題。二〇〇三年，美國海軍終於全面撤出了維也喀斯。

山茱萸之春

有那麼一種時刻，你很清楚地知道那不是一個夢境。可是歷經時光隔膜，歲月的磨損，它開始變得有些像是別人講述似曾相識的一個故事，或曾經在腦中翩然掠過卻沒有留下任何值得處理為成品的契機。

一個彷彿電影的片段，卻又說不出片名或梗概，

它與你短暫微小的存在擦身而過，你們全都單薄而偶然。

但是，有沒有一種可能，

負負得正，

隨之產生一個從無關緊要到發生意義的過程。

*

他們去租屋，兩個年輕孩子，正值百花齊放的五月。走進莫迪里尼太太院子的時候，女孩注意到一株開滿粉色花的大樹，葉子尚未出芽，花倒是開滿了，滿得彷彿肥皂泡泡冒出盆子那樣。

她忍不住向身邊的男友驚呼：好漂亮哎。

兩個土包子，劉姥姥進大觀園似的，貼上臉去凝視。花朵猶如佇足枝頭的粉蝶，朵朵生姿，遠看又像堆滿樹枝的厚雪，大片大片粉色的覆蓋。

這到底甚麼樹啊？

他們從未見過如此豐美炫麗的花簇。一再驚呼。

他倆剛從台灣到美國不久，十九歲，既是成人也還是孩子。經常從住處走到「乳品皇后」Dairy Queen 買霜淇淋吃。在那兒打工的都是高中生，有金髮的也有一頭亂捲毛的，一臉的雀斑，問道：

兩種口味，草莓和巧克力。要哪樣？

他們傻了，搞半天才弄懂。原來店家將香草霜淇淋快速倒插進熱甜漿桶裡，拿出來，立刻沾上一層薄薄的脆糖衣，所謂的口味就是這層糖衣。

沒想到美國霜淇淋還有這等花樣哩。

她選紅色的草莓，男孩愛巧克力。

即使冷颼颼，兩人照樣坐在路邊長椅上吃完。女孩圓臉舔冰淇淋的表情跟她七、八歲時沒兩樣，男孩卻顯得心事重重。他總是盤算這盤算那，考駕照啦，如何讓女孩出錢來買車啦，怎麼能在她心目中更完美更像個男人。每月一到某個時候，他倆便開始止不住擔憂。

怎麼還沒來？

對啊，為甚麼？

這次會不會真的懷孕了？

被霜淇淋凍紅的濕潤嘴唇不斷吐出這樣的疑問。

臉頰嘴邊殘留著草莓和巧克力的糖渣。

就這樣，他們不斷被同樣的難題折磨。直到差不多一年之後，才知道有所謂的Planned Parenthood（計劃為人父母）這個機構，免費提供避孕及檢查。

嗯，果然是美國耶。

乍到一個新國度，所有都是新奇的。他倆站在這棵美妙的花樹前看得出神，幾乎忘了來此的初衷，直到屋裡有人向他倆招呼。

那是莫迪里尼太太，一個四十多歲，單身獨居的婦人，義大利裔。白天上班，做文書會計之類的工作。這天，她一襲大花洋裝，蔥綠毛衣外套，人雖不特別高大，但胸脯肥厚，脊背十分直挺，加上一管氣勢堂堂的鼻子，說話聲音濃重高昂，頓時給人一種高山壓境之感。但也因為她聲大，咬字清楚，讓這兩個英文生硬的外國孩子聽得順風順耳，頓時對莫迪里尼太太產生了好感。

相互介紹完畢後，莫迪里尼太太說：房間在二樓。跟我來吧。

便在轉身上樓之際，莫迪里尼忽而停下，拿凌厲的三角藍眼睛掃視這他倆：

你們結婚了嗎？

我們結婚了嗎？

他們重複著對方的問話。

我，我們沒有。

空氣頓時僵住。

女孩突然指著身邊的男友：他是我哥哥。我們都還是單身。

這樣喔？莫迪里尼太太顯然有些吃驚，不過她立刻也就信了，在這個國家沒人需要編這樣的謊言。再說，這兩個東方孩子長得還真有些相像呢。

但我這裡只有一間屋出租欸。

沒關係，我們租一間就好。

莫迪里尼太太把眼睛睜得老大，三角眼撐成圓形：

你們兩人住一間？

女孩說：不，就我跟你租。

男孩急急分辯：我再到其他地方租就是了。

他們跟著莫迪里尼太太上樓看完房間，甚是滿意。屋裡有必備的木質家具，厚重古雅，可能是祖輩傳下來的（在熟識莫迪里尼太太一段時日後他們便不這樣想了，極有可能是從救世軍那類的舊貨店裡拉來的）。不管怎樣，房內鋪整得十分潔淨舒適。一面大窗開向後院，同樣一株開滿粉色花朵的大樹映著窗子。

哎，你看，這裡又有一棵。

莫迪里尼太太好似聽懂女孩說的中文似的，馬上回道：This is Dogwood.

男孩嘟囔道：這麼好看的樹怎麼能叫狗木呢？

一定有另外的翻譯。

那是二十世紀七〇年代，尚無手機個人電腦這類玩意。他們得回去查字典。

其實莫迪里尼太太是很熱心的人，下樓之後馬上幫男孩查問租房子的事。

她取出一個裝著厚厚聯絡卡的小匣子，按著字母次序找出一張卡片，立刻撥通了電話。她背對著他們，外面的太陽白花花地灑在窗外。

女孩看著莫迪里尼太太栗色鬈髮的背影，隨著呼吸發話而微微顫動。綠毛衣的厚重肩背彷彿綠色的山坡草原，一股淡淡綿羊體味飄散空中。

窗外那株開得絢爛的花樹在莫迪里尼太太的背影後有如一幅故事書中的圖畫。

他倆仔細聆聽莫迪里尼太太鼻音濃重的英文。男孩向女孩微笑著挑起嘴角，眨了一下眼睛。

那意思是：嘿，她說的英文我全聽得懂呢。

男孩租屋的事就這樣輕鬆搞定了。就在一條街以外，連車都不必開，走路就行。

然後莫迪里尼太太轉過頭來，像宣告一項法案似地說：

妳用完廚房，飯後必須立即清理乾淨，包括爐子碗碟餐檯水槽，都得一成不變恢復原樣。

女孩掃了一眼這間井井有條、一塵不染的廚房連同隔壁的飯廳，絲毫不敢大意，連忙點頭稱是。

不過她也沒忘，趁機問道：

我哥哥可以來這裡跟我一道吃飯嗎？

偶爾來？還是每天來？

女孩本來想說偶爾來，最後還是鼓起勇氣說了實話：應該是每天吧。

這樣喔？兩個人用廚房。莫迪里尼太太沉吟道：那，房租要多收十塊。

兩個孩子對看一眼，很有默契地妥協了。對啊，不然還能怎樣？

此外，莫迪里尼太太特別叮囑，指著飯廳玻璃櫃裡那套杯盤器皿：這些盤子你都不要動，廚房裡那些足夠你們用的。

女孩瞥一眼櫥櫃裡那套描著紅綠大花的粗俗瓷器，心裡覺得著實可笑。

隨後莫迪里尼太太問明白她的做飯用餐時間，便說：星期五你們得在六點以前讓出廚房和餐廳來。

接著用一種再平常不過的口吻說：每個星期五晚上我有伴。

男孩女孩互望一眼，既吃驚又有一些些尷尬。

還好莫迪里尼太太已轉身走進客廳，綠毛線外套的渾厚背影不住地搖晃。
女孩寫了支票交給莫迪里尼太太，就這樣完成了租屋手續。

*

美國東北部的五月，經常是豔陽與潮冷相互夾雜的。
這是個細雨霏霏的星期六。他們開著一輛破車駛上高速公路，執意要找到地圖上離住處最近的海邊小鎮。
女孩搬去莫迪里尼太太家後不久，男孩即考上駕照，次日便以六百美元買到一部雪佛蘭二手老車，那成就感就不用說了。其實破車根本不值這價，給人結結實實敲了竹槓。那老機器根本就是架該丟的垃圾，三不五時發動不了。好在男孩的房東和鄰居都忒熱心，兩個男人拿來一條jumpingjack，連通兩車電池，男孩插進車鑰匙，引擎立刻發動了。
千萬別熄火。房東告誡：趕緊上高速路跑一圈。
男孩興奮地躍上公路：好傢伙，一旦發動，還能跑得飛快！

他們照過去在台北的玩法，隨機挑一個地名殺過去，或者看是要去海邊還是山裡，專找不曾去過且距離最近的山或海。在台北，他們最需要的是私密空間，找一個沒有人的地方，山水天色之間，摟抱著，親吻。如今卻不一樣，他們自由了，甚至住一起也沒人干涉（嗯，大概除了莫迪里尼太太之外）。出遊的目的變成單純的出遊，卻因此有些無聊起來。

為甚麼美國人租房子還問人家結婚沒有？他們不是才經歷六〇年代的性解放嗎？

解放的是年輕人，不是保守的老傢伙。

她自己倒是很開放得很，「每個星期五晚上我有伴」女孩誇張地模仿莫迪里尼太太的口吻。

人家也沒說沒結婚就不租房子給我們，是你自己窮緊張。不信你跟她說實話她就不租我們房子。

男孩加碼地說：回頭就去跟她說我是你男友，我也要定期去找你，就像她每周五那樣。

那她又有理由要再加我們十塊錢。

女孩說完，兩人狂笑不已。

隔著氤氳的車窗，高速路上迎面而來一座城鎮的天際線，層層疊疊新英格蘭式的木造尖頂棟樓。一座類似歐陸常見的老教堂，幾棟二戰前的紅磚建築，上面至少半世紀前漆的商號字跡早已褪色剝落。

到了。男孩興奮的說。

車子下了高速路，轉進一個有些年歲的小城，道路兩側盡是楓樹。

細雨下在剛冒出尖的葉片上，嫩綠浸潤著雨水。

如此潮冷的五月還是他們年輕生命的頭一次。

車窗起了霧。雨水把樹幹滲得透濕，一種擠得出汁的濃黑。低溫和濕度，潮綠與蒼黑。一個全新的、陌生的五月。異國的五月。

她用很輕的聲音說：美國小鎮怎麼全都一個樣啊。

但這是她真正想說的嗎？

這原本是兩個不該出現在這裡的人。

眼前滑過小城主要街道上的店鋪商家。Sears、Woolworth…全是陌生的店家和店名。她感到許多話不知如何說。或許她根本沒想明白，好像還不清楚人生該如何起步之前便已經奔跑起來，被人拉著手狂奔上路。

但已經太晚了。

他們費盡氣力來到美國，為的只是能夠不受約束的在一起。然而，就這樣嗎？她腦中浮起台灣小市鎮街道上的菸酒雜貨，中西藥鋪，五金行，獎券行理髮店機車行自助餐便當⋯。不到兩個月的工夫，竟變得超級遙遠，或許此生不會再見。

她開始大口深深呼吸這裡的空氣，想盡量讓自己有一種真實的歸屬感。

車子一個大拐彎，突然間蹦出一列矮牆。平坦濕潤的青綠草地不斷延伸，車道兩側嫩綠新葉的楓樹之間，一幕景象躍入眼前。

哎呀，好漂亮嗳。

遙遠的盡頭是間磚造古老優雅的教堂，幾輛黑色禮車停在門前。教堂後方是一列長線的銀藍海洋。

原本沉重的雲天此時露出透萌的天光。

啊海，大西洋！

多氧的，浩渺的，藍。

他們驚訝得屏住呼吸。

一個簇擁著白紗的高挑新娘從禮車中出來。即使隔著好一段距離，他們還是能看清她的輪廓美顏，舞者般優雅。旁邊新郎、雙親等個個體面高貴，像是小城的世家。

一行人默劇般躊躇著，寒暄著，前前後後磨蹭著。新娘手牽裙裾，雍容大度，最終大家緩緩步入教堂。禮車開走，看不見了。

一個白種人的國度。

他倆誰也不曾多說甚麼。男孩發動引擎，朝停車場開去。

*

星期五晚上，那個叫賴瑞的男人來了，紅臉大鼻子，深色鬈髮的頭有些禿，矮矮壯壯，一個明顯的啤酒肚，手上拎著半打易開罐啤酒。他就是莫迪里尼太太的男友，也是義大利裔，一個安裝熱水器的技師，業餘還會幫人醃製香腸。

那晚莫迪里尼太太做了一道帕馬森乳酪雞，大蒜番茄醬紅酒雞肉的混合香味一直竄到樓上。

十點多，賴瑞醉醺醺步履不穩地從樓上下來，女孩在樓梯轉角撞見他。他匆忙跟她打個招呼，像做錯事有些羞赧似的立刻低下頭去，與她擦身而過，留下一團濃重的酒氣，許久不散。

他倆躺在床上私語八卦。

其實賴瑞是自備晚餐哩，一條一英尺長的潛艇三明治，就啤酒。甚麼？美國人都分這麼清楚嗎？情人耶，未免過分了吧。

你想啊，每星期會面一次要給他做一頓晚飯的話，一個月四頓，一年五十二頓，這未免是筆不小的開銷和工作呢。

看來美國人很在乎占人便宜和被占便宜。不像我們覺得蹭飯沒什麼，甚至理所應當。

怪不得老外到台灣開心死了，到處有人請吃飯，哈哈哈哈哈。

他倆轉過身，頭對頭，嘴對嘴，再度緊緊摟抱。

自從有了車，男孩周一至周六找到一個零工打。只有每個星期日，他倆趁莫迪里尼太太去做禮拜的整個早上窩在房裡。這是他倆唯一可偷渡的私會時間。這期間他也有半夜來找過她，但她說這樣不好，太容易被發現了。

幾點了？莫迪里尼太太快回來了吧？

當初那謊話如同緊箍咒般套在他們頭上，讓他們不得不偷偷摸摸。她發誓非跟莫迪里尼太太坦白清楚不可。

對不起，莫迪里尼太太，我說了謊，其實他不是我哥，他是我男友。

對方睜大了藍色的眼珠，猶如聽一則天方夜譚。

真的，我們不是兄妹。不信我可以拿護照你看。

不用了。我信你。但為甚麼呢。

因為，完全是因我們來自一個極端保守壓抑的國度，在那裡我們的交往曾受到莫大的阻礙。即使我們出了國，還是無法一下子解脫束縛，心態仍然在過去的約束當中。

我了解。可憐的孩子。

是的，他是我男友。那他可以來這裡找我嗎？就像 Larry 那樣？

可以的。

莫迪里尼太太爽快乾脆：但是不能過夜。也不能在這裡淋浴洗澡。

OK. No problem. Thank you, Thank you.

她欲跳起擁抱對方。

想像卻被男友的催促打斷。

快點快點，莫迪里尼太太回來了。

她的車已經開進車庫裡了。

*

清晨，幾隻不知名的鳥兒在窗外枝頭啁哳個沒完。她醒來。拉開窗簾，見窗外伸展的花枝，在薄薄的曉霧中恍若仙子。

這仙子就是Dogwood。

如今認識了這樹，才發現到處都是，幾乎家家院裡都有栽種。不知怎的，這花越看越像樹杈上頂著的一蓬密密厚厚的肥皂泡沫。

那般密密實實推搡堆疊著，幾乎有些滑稽。

他們總算查清楚，Dogwood 的中文名是山茱萸，落葉喬木。多年後才知此樹名為梾木，屬山茱萸科。

下午，她給莫迪里尼太太寫房租支票的時候，突然不知哪裡跑出來的勇氣。於是，尋到後院。

那是一個濕冷的午後，下著如霧般綿細的雨絲。莫迪里尼太太正拿著一隻鐵耙，在耙鬆花床的泥土。那土看起來凝凍堅硬。她立即聯想到艾略特的〈荒原〉：

從死去的土裡培育出丁香
把回憶和欲望
混合在一起用春雨
攪動遲鈍的根蒂……

女孩走來，說有事要同她說。

莫迪里尼瞥見她小臉緊繃，立刻提一口氣：是打算搬家嗎？

喔，不。

莫迪里尼這才放鬆了，繼續手中的耙活。

女孩結結巴巴費盡力氣用她有限破破碎碎的英文說：我們，你知道嗎？我們來自一個超保守的國家，你絕對無法想像，我們的教育有一個最迫切和首要的目的，那就是約束和壓制。約束和壓抑所有一切年輕人喜愛的東西，從熱門音樂、男生的長髮到女生的迷你裙，更不用說男女生的交往和戀愛了。在成長過程中我們受到無比壓力……

莫迪里尼太太突然縱聲大笑起來。使得她不得不中斷。她不懂自己剛才說的有何可笑？房東太太的反應實在太讓人感到莫名其妙。

莫迪里尼一大串笑聲好不容易停止（好像還笑出了涙花）。

對不起，真抱歉，我對第三世界的文化問題真的不懂。好比上次他們談甚麼中東婦女問題，我都睡著還打出好大的鼾聲來哩。說罷，又笑出一串，半天才打住。

對了，你不是喜歡 Dogwood 嗎？

莫迪里尼走到樹下：你知道 Dogwood 是神聖的樹？你是基督徒嗎？

她想起中學時被同學半騙半拉去聚會，每周都乖乖去做禮拜（因為生活太過貧乏），最後還受洗成為教徒。

於是她呆呆地點點頭。

莫迪里尼太太拾起一朵落花，指著其中一片花瓣。

你看見這道褐色的血痕了嗎？當年耶穌受刑時被釘的十字架便是Dogwood的木頭。這便是基督耶穌的血。

果不其然。

每朵花的其中一瓣都有一道缺口似的血痕。她仔細翻看，還真是耶。顏色如同乾痼的血跡。她不信邪地往樹上的花瓣一一查看。確實，每朵花都有這道血痕。

莫迪里尼太太衝著她猛點頭。好像在說：對吧？多神奇，這就是神蹟。

喔，神蹟太偉大，一時之間她似乎忘記自己要說甚麼了。也或者，這半莊嚴半迷信的氛圍，太不適合坦白一個自己曾經脫口而出愚蠢的謊言。

她看著莫迪里尼太太用鐵耙翻攪著泥土。T. S. 艾略特〈荒原〉中的泥土。

儘管心頭湧動著詩句。她卻懷著無法坦白的失望和滿心的悵然，轉身而去。

*

終究，這不是甚麼夢境，充其量只是一對年輕戀人的孤獨旅程。

沒有誰還記得那個潮冷的五月，即使每年春天山茱萸照舊蓋頭蓋頂的怒放。

海邊的教堂，婚禮與新娘。

雨水浸潤濕綠。

行車中，掌狀楓葉的濃蔭行雲般穿流。她被夜半敲打在窗玻璃上的石子驚醒，光腳下樓打開門放他進來。

剩餘的夜在濃蜜中度過，彷彿人生中唯一一件反覆可做的事。朦朧睡著復又醒來，直到窗外泛起破曉的微光。

她自二樓目送他穿過繁花圍繞的院落迅速離去，猶如揪心目睹一個逃犯安全逃離險區。

所有的這一切是甚麼，他們誰也說不上來。

或許，為的只是一個啟程，來到這個陌生的國度。

輯二

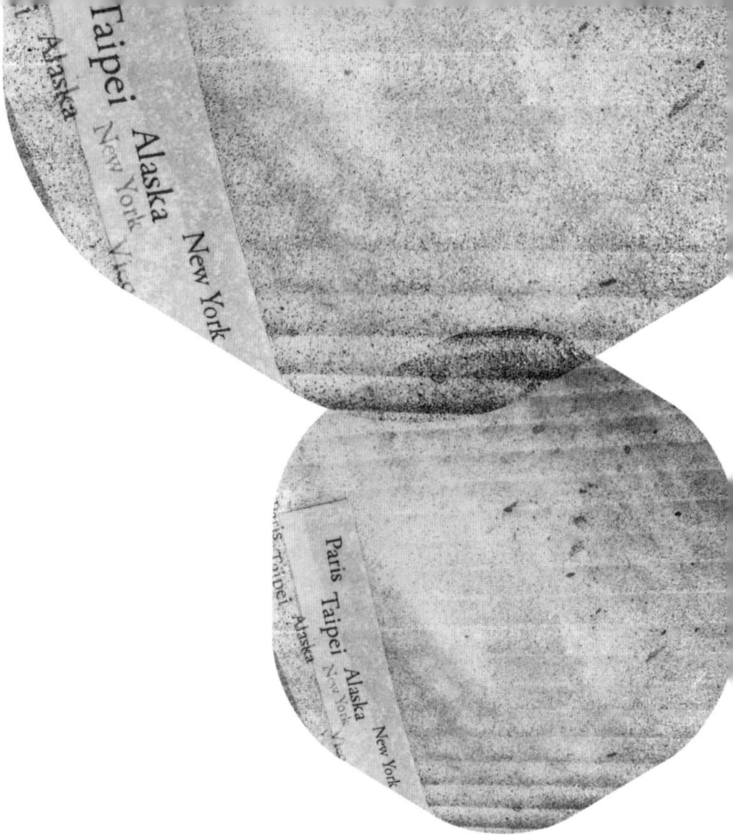

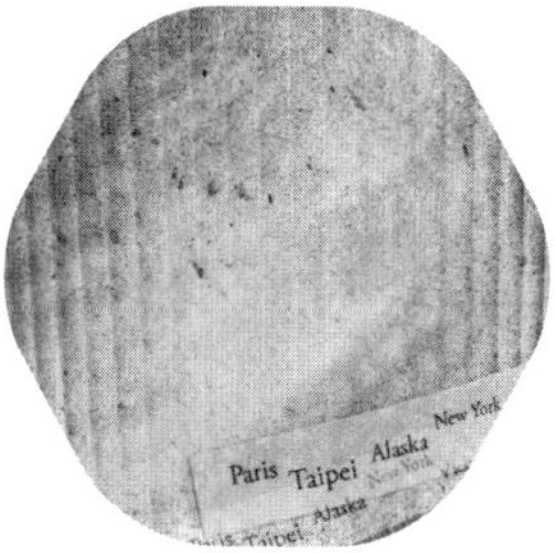

命運之神

她的名字叫明亮。

明亮？Bright！好，這名字好。她記得頭一次見面他點著頭這樣說。

她仍舊無法喜歡明亮。這名字不僅太男性化，聽起來簡直像個傻瓜，要不然就是大智（可她不是）。

妳註定要在阿拉斯加生活。他說：明亮。阿拉斯加需要明亮。哈哈——

說完便仰頭大笑起來，露出肥脖頸上一片黑乎乎的鬍渣子。

麥當勞窗外是上海的四月，法國梧桐剛吐出嫩綠的新葉。

無意間她瞥見一隻鳥兒在樹杈間婉轉著啁啼啼叫。

四月，梧桐，新葉，啼叫，麥當勞，一瞬間她被這幾個連番而來重疊的影像席捲，顧不得去在意對面胖子動物般舔舐手指上殘留的薯條油渣和番茄醬，代之而起的竟然是興起一種好兆頭的預感。

*

地上結硬的冰雪反射出危險的青光。

她走出屋。哨子一路跟隨，這狗黏人的速度和距離，簡直像是她的影子。

正準備上車，屋門開了，裡頭鑽出一個胖子。

胖子粗聲粗氣地喊：哎——肥皂，還有米！

她答應了一聲，哨子緊跟著她一同跳上車去。

這胖子就是一岸，把她從上海帶到阿拉斯加來的人。像人口販子那樣，看好了貨（他到上海，找到一間婚姻介紹所，在那裡看了起碼幾十個女子的照片和視頻，面談不下十多人。然後他相中了她，或者說他們相中了彼此。在麥當勞見過兩次面，吃漢堡和薯條。頭一回他請的客，第二次他建議分開付帳）。就這樣，雙方談妥條件：結婚並給辦綠卡，之後幫辦申請公民。管吃住，外加健保。但不准在家裡偷懶，得去找份工作。

所有阿拉斯加人都非常吃苦耐勞，妳去了就知道。

胖子用力點著腦袋，表示他不是跟她說假的。完後大口啃咬著漢堡，那模樣，跟在進食的野熊幾乎沒什麼兩樣。

你為甚麼到中國找對象而不去日本？

她這樣問，是因為一岸雖在美國出生卻有一半日本血統。

我喜歡第三世界的女人。胖子調情似的朝她眨眨眼：再說，日本是發達國家，光介紹費，就比上海貴出好幾倍呢。

真的嗎？她暗自琢磨，心生警惕起來。或許他沒說出口的是：第三世界的女人比較聽管束，好壓榨。

我找不到工作怎麼辦？

不會的。胖子很有把握地說：阿拉斯加缺人手，甚麼工作都缺人，妳去了剛好。

瞧他說的，就像阿拉斯加正等著她大駕光臨似的。

我的英文恐怕不行。

妳不是大學畢業還是英文本科嗎？

我們外文系的英語程度也就一般般。她不好意思直說程度很糟，不過，他聽她講英文也能知道個大概。

李。

妳英文夠好的了。胖子說：很多當地的人還不如妳。

她不信。但聽著心裡挺高興，覺得胖子是有意識的在誇獎她。

胖子說自己有份很好的工作，受雇於航空公司，具體的工作是在停機坪載運行李。

就是開著卡車把行李一批批運送到飛機上去。

接著胖子有些得意地說：我還懂飛機哩，就是飛行啊。

你是說開飛機嗎？

對啊。胖子得意起來：都是自學的，在電腦上學。飛行學校的學費太貴啦，而且學會了如果租飛機來開，就更貴了。至少現在我還負擔不起。

或許，她說：將來你能找個開飛機的工作也說不定。

不，那不容易。不過…這時他的胖臉上拉開一個興奮的笑容：等妳開始賺錢以後，說不準我就玩得起這項奢侈的嗜好了。

她聽到這話一點沒覺得有甚麼不對。胖子早跟她說過，在美國夫妻倆共同負擔家計是天經地義的事。「甚麼男主外女主內，男人養家活口，都是舊時代的封建思想。你不也說現在已經是新中國、那套老觀念早落伍了嗎？」

胖子更是一口氣興高采烈地告訴她：等你有了身分之後，就是阿拉斯加的居民了，在我們這州每個住民還可以分到賣石油的錢。這些錢公家會直接存到你的帳戶裡，很多人超市買菜的花銷都不必自掏腰包的。

真的？有這麼好？

對啊。他伸出胖手拍拍她的臂膀：可不是？

她心想，這胖子不像是個壞人呢，最多不過就是小氣，把錢算得精些。但是現在誰不這樣？等以後兩個人有了感情基礎，他或者就會不一樣了吧。

窗外陽光下的新枝綠葉伴隨鳥叫，頭上的藍天看起來純淨無瑕，無辜得彷彿這個地球上甚麼壞事都不曾在它底下發生過似的。

她天真地露出笑容，開始對即將展開新的婚姻生活，有了莫名的期待。

車燈映照的結冰路面不斷消失在車輪下。耳畔傳來車後座哨子的呼氣，牠偶爾冷不防上前舔一口她的後頸，親暱地從鼻孔撒嬌似的發出嗚嗚兩聲，前爪輕刨幾下，像是忍不住告訴她牠對她的親愛和感激。

她朝後座的狗喃喃道：哨子好乖喔。

車子飛快地在公路上狂奔，近乎某種飛馳。來到美國後（對她來說，阿拉斯加就是美國），她最開心的就是學會開車。對。她喜歡開車。車子向前奔馳，世界往後快閃，所有的東西都過去，過去，再也回不來。開車的速度感好比是時間具體的體現，每一秒鐘每一分鐘都從眼前快速刷過，閃逝兩旁，迅雷般消失在其後的渾沌當中。於是，她人生中所有的不快不幸以及霉運都隨黯黑與時間的消亡，一併跟著這個星球的運轉而消失，化為無形。

*

到達阿拉斯加頭一天晚上，胖子讓她獨自睡客廳沙發。她猜一岸骨子裡還是個老派男人吧？

這個城市叫做費爾班克斯（Fairbanks），第二天早上他們便去市政廳註了冊。這晚間在一間中式餐廳，一岸請來他的兩個叔叔和嬸子們，還有他堂弟一家。這應該就是婚宴了吧？她忖道。心裡犯著嘀咕，擠坐在一堆肥仔中間，心想怎麼這家人都胖成這樣？而且長得有些奇怪，拿那嬸子來說吧，黃頭髮白皮膚卻是單眼皮小眼睛，更怪的是一對藍眼珠。不中不西看著怪嚇人的。後來她發現在阿拉斯加，這種長相的人根本很正常，是她自己少見多怪。久住之後更加明白，在這裡可不像中國，是不興對人品頭論足的。比如吧，叫人肥仔或黑仔都會被扣上歧視的罪名，搞不好還會挨告。但她實在受不了這裡人衣著打扮的隨便和邋遢，女人都跟條漢子似的，但是這類不男不女的人還特別多，怪不得胖子不在阿拉斯加當地找對象了。

在餐廳洗手間鏡前，她瞥見自己身形苗條。腦中突然浮上前夫一號的話來：別臭美了，你那長相也就是比最差的好那麼一丁點。

滾！她啐道：作賤自己老婆你有意思嗎？即使嘴硬，其實她知道自己過去的傷痕仍然在著。

晚上從餐廳回來，她感覺浪漫的一刻就要來了。一時之間，竟有些手足無措。

未料胖子對她說：我們先來看個影片吧。說罷把碟放上。

那是個成人電影。她心裡有些七上八下，不斷揣度胖子到底用意為何？接下來還會出些甚麼怪招？

這種電影她還是頭一次看，實在有些被驚嚇住。人體部位和器官甚麼的都是大特寫，吸吮間還發出咂吧咂吧的聲響。她被嚇得心怦怦跳，手心出汗，感到影片露骨得超乎想像，同時卻又被裡面一些畫面挑逗到，讓她有些恍神。儘管如此，卻不太敢瞄身旁的胖子，只管將眼睛鎖住電視屏幕。

影片看到一半，胖子忽然說：我們來吧。

*

經常在那麼一瞬間，坐在駕駛盤後的她感覺自己彷彿變成一具機器，或者一個超級機器人，有如一隻巨獸般不斷吞食著車輪下巨蟒般的公路。引擎變成身體的一部分，蛻化為她的心跳和脈搏。她就是車，車就是她。速度，飛越，穿透，解放。

喔，開車是多麼過癮和性感的一件事。

*

胖子接著就要伸手脫她的衣服。

她說：屋裡冷，到床上去吧。

上了床，胖子說：妳照影片上那樣做，會不會？說完，脫去衣褲。

呃，她簡直驚呆了。

胖子穿著衣服時雖然看著胖，但並沒有胖到不可收拾的地步。但這一刻橫在她眼前堆疊的好比是座人山，滿床是肉。又彷彿是條人肉巨河，流淌得到處都是。裸露的身體發出一股濃重的氣味。只見他兩腿間黑色毛茸茸一團，那東西小的像邱比特。

來啊。胖子催促。她不情願，卻又無法拒絕。

他褪去她的衣服，巨肉身子撲面倒下幾乎把她壓垮，之後便將她的頭一個勁地朝下按。

你就照剛剛影片上那樣做。胖子命令她。

以後，這竟變成慣例。

*

九月之後，暗季來臨。她每天在天光晦暗中開燈晨起漱洗，上路上工。她一遍遍告訴自己其實這是白天，一日之始的早晨哪。然後她進入工廠，在日光燈大亮的封閉空間裡麻木地做著重複的工作。她的工作簡單到不行，就是站在運輸帶旁，盯著出來的產品是否正確站立，否則必須用手將其扶正。因為下一步是將六個打成一包，若產品站姿不正確，機器人將無法包裝。

如此一天八小時必須站在輸送帶旁做著重複的動作。光是站八小時就已經夠要命的。她更嚴重懷疑，這樣繼續幹下去，再聰明的人腦都會很快被低能化。

終於，她忍無可忍，威脅著要離婚。

胖子把臉一拉，橫肉哆嗦：不喜歡口交是不是?好。以後都用不著你。

自此之後，胖子開始不時給她臉色看，講話也不似以往客氣，總是格外的不耐煩，要不就是粗暴地打斷她。有事沒事找碴，甚至發了好幾回脾氣，橫眉豎眼地叫囂。

為了緩和僵局，她刻意放低姿態，盡可能的溫柔。早餐特意做了一杯鮮榨橙汁端給他。平時那麼貪吃的胖子這一刻卻瞄也不瞄，冷冷說：不用，你自己喝吧。

她做好了飯菜，熱心熱腸地去叫：一岸，吃飯囉。

他躺在床上看A片，說：我不餓。

等她睡著後，才像個小偷似的去把飯菜狼吞虎嚥吃下。

平時回家，根本就不搭理她。實在非有事要說，也沒個好口氣，更別說好臉色了。

她不知道該怎麼辦，心一直涼到底。她當然想過離婚，可離了婚要去哪裡？

她不想回中國，她感覺自己在那裡已經完全沒戲了。然而在這裡，她的腳還沒站穩，能走得出去獨當一面嗎？

她猶豫了。

沒多久，胖子就要她獨個搬到房子後面的那個小儲藏間去住。

凍不死你啦，那裡有暖氣。胖子說。

她二話不說，搬就搬唄。花了一天時間把小儲藏間拾掇出來，胖子不知從哪裡拉來一張舊沙發床，她就開始在那兒住下了。從此，這儲藏間便成了她的棲身之所。

對。她的家。

之後，她領養了哨子。那是她來阿拉斯加的第一份工作，在一家寵物收容所當清洗員。牠是一隻哈士奇 Husky，有一身又厚又密又暖的皮毛，牠的後左腳受過傷，不能再拖車了，便被主人送進收容所。

第一次看見牠時，牠立刻起身迎向她，一對淡藍眼睛釋放溫存友善，隔著籠子，開始舔她握在籠子上的手指，熱呼呼的，像母親舔舐牠的嬰兒，或像在撫慰一個受傷的同伴。每天，牠等著她來。看到她，眼裡滿是熱切，搖著尾巴躍起，伸出前爪跟她相握。然後趴下身，孩子似的乖乖讓她撫摸牠的頭，眼睛卻還不時往上瞄她，滿滿的歡喜。

就這樣，她領養了這狗，喚牠「哨子」。將牠帶回小儲藏間。

每隔一段時間，一兩個星期不等，晚上胖子把叫她去前屋。她在哨子不安的嗚嗚聲中走出小儲藏間。胖子先放 A 片，喝啤酒。讓她自己去弄點吃的，然後，叫她幫他手淫。

有時胖子會問她喜歡看些甚麼節目，他那裡有上百個頻道，中日韓節目都有，也有中央電視台。她說喜歡看電視劇。

事。

那麼就看電視劇吧。

她在各種古裝現代歷史武俠愛情家庭倫理懸疑悲喜的劇情進行中幫他做那件事。

完後她回屋。哨子看見她完好歸來，高興得不停轉圈圈，發出嗚嗚的叫喚。他不傳喚她的時候，就自己看Ａ片。有時看ＤＶＤ有時上網。

本來，她以為簡單的事物應該是容易應付的；頭腦簡單的人必然是單純之人，即便處不來，脫身也不應是甚麼太麻煩的事（對，這就是當初她決定跟一岸結婚時所作的最壞的打算）。但幾年下來，她才發現簡單之人一樣可以邪惡，簡單的邪惡並不比複雜的邪惡不邪惡，甚至可以更邪惡。邪惡是看程度，而非它的複雜性、高低與層次。

*

到了夏天，幾乎全天白亮亮的，晚上要十一點才天黑，沒過幾個小時又天光大亮。她早已習慣戴眼罩睡覺，再把小儲藏室唯一的窗子裝上不透光的黑布簾。

晨起，刷一下拉開窗簾，刺眼的超強日光竄入，滿室光明照耀著屋內的寒傖。她不忍看，趕緊把窗簾拉上，室內恢復暗冥，她才感到一種躲在暗處的安全。

如今，她已習慣阿拉斯加超過半年的暗黑，其實，也不是整個半年的黑夜，若真那樣也算奇景了。冬天暗期來臨時，白日僅短短數小時，即使出太陽，那陽光不是灰不溜秋彷彿籠罩下來的灰塵，便是像把利刃般，把所有照射的東西都反光成雪白。反正不管它像甚麼，太陽只稍稍露臉個把鐘頭，很快地，天又暗下了。

她的日子過得像是半睡半醒夢遊似的，彷彿生活作息都在暗乎乎的夢裡進行。有的時候她竟覺得這樣也挺好，與她的生活實質對應得十分準確。本來就是夢麼，一個不見起色卻又驅除不去、沉睡不醒的夢境。尤其是北極天邊特有絢麗詭譎、流竄著的北極光，更給她幻覺一般的夢境感。

但這不是夢，這只是一個不快樂的人生。生活和時間不停歇地繼續著，不走都不行。很多時候她感覺自己就是一個不折不扣的女奴。不，性奴。怎麼會這樣？一個好好的人，竟然鬼使神差飄洋過海，來到這片廣袤無比的冰雪凍原上，就此開始過起一兩百年前人類史上黑暗卑微的奴隸生活。

這怎麼可能呢？一定是她太過寂寞、太辛勞又太缺乏慰籍之下所產生的併發性誇大症吧。

*

這已經是她在阿拉斯加度過的第五年。在這裡她沒甚麼朋友，或可說到處都是朋友。這裡人都友善，習慣互相幫忙，就連不認識的人也都隨時互相照應。她沒料到在這冰雪凍原上竟有這般濃厚的人情味。而非像國內那樣，人情大都從利害關係或個人利益出發。

她過去的老同學要組團搭郵輪到阿拉斯加來觀光，順道停留兩日。打電話給她「我們可是路途遙遙從國內來，你人都已經在阿拉斯加了，好意思不來嗎？」

她斷然拒絕，說不行，那樣哨子便沒人照管了。最後勸說無效，她們只好在電話裡讚佩的說：

你真的很堅強。

她不知道自己哪裡堅強了？猜想娘家的人必然跟她們說了些甚麼。她不在乎，她還在乎些甚麼呢。

已經五年了。明明知道但還是忍不住扳起指頭來數算。她一直在等，等待著，可究竟等待甚麼卻又說不出個所以然來。或者她等待的是一個命運之神。

當初難道不是命運之神把她弄到這裡來的麼？這麼說起來，那個甚麼神的還生欠她一筆。她天真地想：難不成哪天會回頭補償她？

偶爾心情不錯時，突然樂觀來襲，開始有那麼一絲絲某日或可獲得解脫的奢望。那或者是胖子突然哪天中風死了（對啊，他那麼肥，說不準這事真能發生），也或者他被外星人選中換了一顆腦袋（這個段子她曾在一個網路科幻小說裡讀到），霎時變成一個大善人，慈眉善目的對她說道：

Bright，你現在已經是美國公民了，也能獨當一面地生活，咱就離婚吧。至於我嘛，本就孑然一身（他胖臉上突然露出一個無奈但帶些詭祕的笑容），就回歸原本的獨來獨往吧。

但是，這全是樂觀好心情之下產生的幻想。

幻想。

即使知道是百分之百的奢望，不知怎的，她卻出奇地自信起來，感覺冥冥中真會實現似的。日復一日，她開始安心過著她的日子，耐心等待那日的到來。

或許，她的安於現實是出於對生活真相的感受不再強烈，換句話說，她不明確知道自己的處境有多糟。尤其有了哨子做伴以後，她不再感到那麼孤單得難受，甚至有時還有種自給自足的安定感。只有在跟人提起時——通常她不知道要怎麼陳述才恰當，只好就事論事。比如，她跟她的娘家人是這樣說的：胖子愛看那種A片，下了班就鑽進屋裡，自己一個人看，這種時候他不許我進屋。後來乾脆叫我搬到屋後的儲藏間裡去住。偶爾會把我叫過去。

只有在這時，她才能從旁人的眼光裡看到自己的處境。

但她馬上就自我安慰地說：不過現在好多啦。有哨子跟我作伴。那狗可通人性了，比人更可靠，更貼心⋯⋯。她一說起哨子來便沒完沒了，絲毫不察覺人家臉上的不耐。

胖子為甚麼把你趕到儲藏間去？他還把你當老婆嗎？你沒想過生個孩子？你才四十出頭，要生要快啊。

在他們一再逼問下，她才說出實話來。

她娘家人不再說甚麼了，他們似乎也沒了主意。這已經是她的第三次婚姻，前兩回，家暴的家暴，無賴的無賴。如今，又攤上了這麼個主。

隨你吧，要離就趁早。她媽說：別拖到年紀大就更沒指望了。要不，先回上海？找到合意的再回去跟胖子攤牌。

她沒想著積極辦離婚，而且根本不考慮再回上海。

她媽著急了：你在那裡還有甚麼可眷戀的？那麼冷，那麼個下流不通人性的胖子⋯⋯

對喔，她眷戀些甚麼？

阿拉斯加夏天的樹林，草原，銀藍的湖泊和野流。鹿，黑熊，鷹。這裡那裡橫著豎著倒下的樹幹和朽木。天色淨藍，空氣帶著泥草的新鮮味兒。

哈，人在這裡就跟鹿、熊沒啥兩樣。胖子說：但我們可以愛征服哪兒就征服哪兒。

胖子帶她去露營。

沒有路，須過湖。怎麼辦？
划艇啊。胖子說。
他們在湖邊跳上一艘不知是誰家閒置的小獨木舟，划到湖的對岸去。在林子裡走不到二十來分鐘，便見一幢小木屋，門閂著，但沒上鎖。
胖子朝裡面叫了幾聲，沒人應。
不用搭帳蓬了，咱們今晚就住這啦。
她驚異地推開門，屋內雖小卻整理得乾淨有條，被褥杯盤一應俱全，就像等著陌生客光臨似的。
主人在圓桌上留了一張字條：歡迎留宿，請保持乾淨，用後一切還原。謝謝。
頓時，驚喜和一股暖流讓她面龐發光。
他跟朋友去打鹿。caribou，一種頭上長著樹叉般鹿角的高大麋鹿。
他揹著獵槍匆匆走了。帳篷裡只剩下她。
幾個小時過去，她開始感到些許不安。
就在這時，地突然開始震動，越來越凶，轟轟如雷鳴，又似千軍萬馬。不，不是地震。但是震動卻越發得強烈了，一股要撕裂帳篷的奔騰力道，巨大的顛簸和震顫。

她倉皇爬到帳篷縫隙張望，一群強壯的麋鹿，上百，不，可能上千頭，不斷自帳篷兩旁穿梭奔騰而去。只見強有力的臀和腿蹄飛影般重疊地消失和出現，掀起巨量迷霧般的黃沙。一大片，一整片，整個曠野全是鹿。

幾分鐘後，悉數跑完，遠去了。

她打開帳篷。黃沙被風吹散，一切完好。

呃，還好牠們不曾撞垮帳篷。

由於驚嚇，她的雙腿軟弱到幾乎無力支撐體重。

黃沙漸漸落定，

大地寂寂無聲，

她仍舊聽得見自己怦怦的心跳。

但我喜歡阿拉斯加。她突然說。

母親吃驚地看著她：你喜歡它甚麼？

良久。

我也說不上來。她下結論似的：就這麼著吧。反正日子總要過的。在哪裡又有甚麼分別？

＊

天漸漸亮起，一道刺目的陽光射進瞳孔。她立刻將太陽鏡戴上，從車子後視鏡瞥見戴著太陽鏡自己的局部側臉，開始產生在沙灘的海岸上開車兜風的錯覺。

還沒來美國之前，她曾經幻想開著車在公路上兜風的種種愜意。最好是一條濱海的公路，公路旁就是沙灘，沙灘連接著大海，孩子和狗活躍的追逐著，穿泳裝的男女在沙灘上玩排球，年輕性感的身軀，結實的肌肉，奔跑跳躍得老高，叫聲笑聲不斷。旁邊水泥人行道上有穿滑輪鞋溜冰的，也有玩滑板的，騎單車的，散步的。夕陽下的海水一道道金藍相間，扭曲著推搡著浮托著大舉上岸，再大舉的退下。海風從車窗灌進來，頭髮吹拂上臉頰，陽光把她的面孔耀得紅通通的，頭髮鑲上金邊。完全像電影裡演出來的那樣。沒錯，她肯定是在某個影片上看到過這樣的畫面。

她半瞇著眼，享受著這一刻的美妙，直到哨子突然趨前舔她的後頸，接著嗚嗚兩聲。她這才回到現實。

乖，哨子乖。我們哪天離開這兒，去一個陽光充足有沙灘海洋的地方。對，我們可以去加州，對，就是加州，OK？

哨子彷彿聽懂她的話，抬起鼻子中氣十足地吠了兩聲。

她打開收音機。平時並不常收聽廣播，她的英語聽力還沒有好到百分之百都能聽明白的地步。不過有時愛聽聽音樂，搖滾樂饒舌歌或古典樂甚麼都行，尤其心情好的時候。像這一刻她幻想著自己是加州海灘公路上戴墨鏡開快車的女孩，那不更該聽些搖滾饒舌歌甚麼的麼？

哪曉得歌曲還沒放完，突然來了插播。她聽著好像在說一個傢伙偷了一架阿拉斯加航空公司的客機甚麼的，但目前還弄不清楚這個偷機賊的身分，此刻飛機已經離開停機坪飛到天空了。

記者開始連線地勤，無線電中傳來一串興奮的笑聲：

呦吼！終於能把飛機開上天了！這是我這輩子一直想幹的事！你們能想像我現

在的心情嗎？想像我現在有多麼快樂嗎？

可以告訴我們你的大名嗎？

偷機賊又是一陣狂笑：哈哈哈⋯⋯我叫甚麼並不重要，哈哈⋯⋯我現在甚麼都不在乎，我只想飛，我在飛行，對喔，飛行⋯⋯

她怎麼就覺著這話這聲音好熟悉啊。對啊，她的心驀地狂跳起來：這不就是我家胖子嗎？

她越聽越覺得是胖子沒錯。這是他的聲音沒錯，不會錯，就是他！

此刻，她既緊張又害怕但卻又莫名其妙地興奮著，乾脆把車停靠路邊。

她焦急地想，怎麼還不能確定偷機賊的身分呢？這麼簡單又重要的一件事居然到現在都無法確定。她想要打 911 給警局，又怕錯過收聽到甚麼重要的訊息。

她腦子一會兒清楚一會兒混亂，混合著收音機的報導閃過各種快速形成的畫面。她感覺一件大事就要發生，不，其實是已經發生。那個所謂的命運之神果然回應了她。一岸出了這樣大條的事，樂觀的話他得要去坐好多年的牢，情況若不樂觀，誰知道最壞會發生甚麼，這個世界隨時都在發生不可思議的壞事，然而不幸與幸運像是一對連體嬰，一岸的不幸或許正是她的幸運。

她現在該怎樣？跑出去就地大喊大叫大跳，慶祝她的幸運和得來不易的自由，還是打電話到警局？先確定是不是一岸？

此時聽到收音機中傳來記者大叫聲：不好了，這架飛機一直在歪斜，Oh, no... 它正直直衝向旁邊的小山...

這時她聽見了碰撞的背景聲響。

Oh，不！飛機撞山了。...它起火燃燒起來了。

天哪，太可怕了。

*

胖子屋裡的燈竟然是亮著的。

這不代表甚麼，她跟自己說，他經常出門不關燈，任由燈開整天。

她把車子停妥。

哨子緊跟著她跳下。

她的心緊縮著，彷彿不敢亂跳，生怕驚動一下下，命運之神給她的這個幸運泡泡便會瞬間破滅。她一步步堅定的慢慢往前移動，每靠近房子一步便想說它終將實現，至於到底實現甚麼，她一時還沒具體的想清楚，總之，會是一個命運的大逆轉。她跟自己說，胖子一定是不在家的，怎麼可能在呢？他已經撞山了，不是嗎？對，先進屋打開電視看報導，不就可以百分之百確定了麼？這才想起她的儲藏間沒有電視，只有胖子房裡有。然而，她卻沒有他屋門的鑰匙。

她習慣性地要走上前去敲門，突然收住步伐，意識到此刻胖子已經不在了，即便敲門也是無人回應的。

但是…如果，要是他真的開了門怎麼辦？他打開門，像以往那樣豎起兩隻小眼，瞪著她說：肥皂和米都買了喔？

不！不會的。她雖然堅定的這樣告訴自己，腳下卻躊躇不前。

她直挺挺地站著。看起來像是在思索要如何走下一步，但其實只是一味看著眼前這片黯黑天色下的冰雪發呆。

哨子靠上來，她感到牠溫熱厚實的皮毛蹭著她，她開始無意識地摸著牠的頭。哨子看她沒有要移動的意思，索性坐下來，像個忠心耿耿的侍衛般在她身邊待命。

天邊起火般燃起幾道豔紫橘綠的北極光，流質般的妖嬈光液上下跳動，彷彿幽深湖面掀動的粼粼水波，噴泉，或是大面積霓虹燈的渲染。

從遠處看來，不知道的人或以為她在觀賞奇景。

哨子卻不這樣認為。牠幾次抬起頭來望著牠的主人，眼光掩藏不住疑慮，不明白為何要呆站在這奇冷的外頭，怎麼還不趕快回儲藏間裡去呢？

後記：

不知道為甚麼，出於不明的原因，偶爾，在偶一為之的社交場合，與並不十分熟稔的友人共享咖啡或茶的片刻，幾乎毫無預兆的，有人開始向我講述一些有關他們個人或旁人的私密事，非常私密的事，不足與外人道的私密，有些內容甚至令人無比驚駭。

如果往神祕學的路數去探索，或許我體內有一種好奇的荷爾蒙會散放某類神祕的分子，以致讓人在不察的情況下無預警的打開他們那扇原本緊關的私密門窗，在某種近乎催眠的狀況下，說出一些「交淺言深」不該與我分享的事情。或者，出於我的眼神、敞亮微笑下隱約的一些甚麼？還是言語之間讓人誤以為我對世事洞察敏銳？

我真的不知道。

然而總是這樣的。往往聽完，我不知該如何反應，或許他們也並不需要我的反應，對述說者而言，只要說出來就好。

我不知道要如何處置這些東西，大多數的故事讓我不安，感到驚擾，不管是甚麼，總之不可能讓我忘卻。

它們占據了我大腦記憶體的空間，儲存在那裡很久很久，許多年，甚至。我無法消化這些材料，更無法將之刪除，無法將其焚毀，更不可能把它還給原來的那個述說者。

十多年前，一個偶然的機會我到上海。坐在新天地一個精緻的所在，整間餐廳都十分洋化，唯獨牆上的壁紙是幅放大了的中國工筆花鳥畫軸，一株粉色芙蓉與翠鳥，散放娟秀美好的春天氣息，年歲久遠的絹質泛黃，已逝去的，悠遠而沉靜，幾世紀前中國的春天。

我坐在那裡，感受到一種歷史文物巨大流徙變遷的夾擊，種種宏觀與複雜讓我一時之間梳理不清。就在這時，我聽見坐在對面的友人淡淡問道：

美國的阿拉斯加你去過嗎？

順著這個話茬我們開始交談。然後，出奇不意的，這位並不太熟的朋友瞬間開始講述，在我不斷的錯愕中，幾乎無法打斷或拒絕這趟源源不絕進入我耳膜的敘述。就這樣，某個人的某段人生成為我記憶中一個無法刪除的檔案。

自此，它儲存在我腦中，許多年了，我無法將之擺脫或忘卻。

或許，我潛在希望著，通過一種摻雜虛構的書寫方式，加上一個頭尾，置入適合的語境和文本，將它一吐為快。然後，將之整個忘卻。

可能嗎？

但我發現，自己能做的，只是通過寫作，把它從某人的某段人生變成一件作品。

這是我唯一能做到的。並非遺忘，或者其他。

被沒收的地球儀

凱爾．奈文坐在起居室面對著電視，其實他一直在滑手機。已經整整兩天，不，都兩天半了，還沒收到于嬿的回信。這是兩年多以來不曾有過的。他打了幾通微信電話過去，也都沒人接。她不會出甚麼事了吧？

他和于嬿已經通信有一年七個月，通了起碼上千封信。最近這一年來尤其頻繁，有時一天數封，有用微信短訊也有電子信，偶爾也視頻。不過他還是不習慣視頻，有些不知所措，不曉得要講甚麼才好，特別是于嬿的英語不流利，他又不懂中文。他們第一次視頻時，她摀著嘴直笑，說：哇，沒想到你長這麼帥 I have no idea you're so handsome, with such blue eyes, so handsome…這麼藍的眼睛，真的好帥噢。

于嬿看起來應該不到四十歲吧？有一張圓圓的臉，是個笑起來甜美開朗的中國女人。他們成為筆友是靠著一個國際筆友會的幫忙。前兩年他在狀態最壞的時候，一度曾想自殺（其實是自殺未遂）。社工提出這個想法時，他還面露不屑、近乎悲憤地說：誰會要跟一個坐在輪椅上的廢人寫信？

社工說，通信者都是自願而且無償的，他們來自世界各地，各種不同的文化宗教背景。你可以跟他們說任何你的事情，甚至講你的祕密，但你不能問他們的隱私，包括年齡職業婚姻家庭宗教信仰性向等等，除非他們自己向你吐露。還有，不能要求通信者發私人照片給你。同樣的，你也有相對的隱私權。

不久，他收到第一封來信，是個在澳洲的年輕人，自從他告知對方自己曾在伊拉克戰事中受傷，對方總在信的開頭這樣稱呼他「我敬愛的伊戰英雄」，很快地他就發現除了伊戰之外跟那人毫無共同話題，而參戰及其有關的一切正是他想竭力忘卻的。其後，又有幾個自願者來信。剛開始，他還懷抱美好希望，每天花長長的時間認真字字句句琢磨著寫信，後來發現除了一遍遍重複自己的背景經歷愛好處境，交代完畢後便無話可說了。他終於對癡心想交到真摯筆友的希望心灰絕滅，甚至比之前更加落寞，也更低潮。他恨現在的自己，連自殺的能力都欠缺，他甚至沒法站上一張椅子把自己吊死。

直到某日他收到一封來自中國的電郵，沒有太囉嗦的自我介紹，從名字上甚至無法看出性別。只說希望成為他的朋友，信末加了一句：若真要說有甚麼私心的話，大概就是希望加強一下自己英文寫作的能力吧。

看到這兒，他笑了。猜想對方可能是個年輕人，一個讀研的學生或大學畢業想到美國留學的傢伙。不論如何，這信中帶有一股活潑清新的氣息，於是凱爾很快便回覆了他。不幾日，對方回信來了，竟然是個女的，而且主動告知自己是個單親媽媽，有一個十三歲大的兒子。她是英語本科，剛畢業時曾做過短期的翻譯工作，但已經多年轉去從事跟文藝無關的職業了，言下之意似乎頗有些惋惜。

信中特別提到她最近看的一部美國電影《海邊的曼徹斯特》（*Manchester By the Sea*），說電影如何觸動她的內心：「雖然是一個傷感的故事，卻能讓人願意深深埋藏其中，感受憂傷且優美的人生調子。」「…發生那樣的悲劇，他還是活下來了。不管活得有多糟。」這正是凱爾想說而沒說出來的，太像他的人生了，一個受過重創的失意者、畸零人。

雖然信上的英文欠熟練，用字也偏向簡單，但他一點也不在意，他完全知道她想說甚麼，甚至覺得，那些用字樸拙的語句反而愈發來得真誠。特別是信尾，她寫道：「人只要活著，就有希望。」看到這句話時，凱爾幾乎掉下淚來。想到之前自己將偷偷累積藏匿的幾十片安眠藥一次吞下，翌日早晨被長照家庭的看護發現，趕緊將他送醫才撿回一條命來。

自殺是怎樣一種剿剮內裡的痛和苦澀？通往死亡的幽暗甬道。喝了過多威士忌以及吞下幾十粒安眠藥致使身體無法抑制地發顛顫抖，心臟幾乎腫脹到嘴裡，砰砰作響更甚於鑼鼓齊鳴。垂死的肉體做著最後困獸之鬥的撞擊，無法用字句形容，沒有經歷過的人不可能知道。對那段過去他存著莫名的懼怕，幾乎不敢回首，甚至只要有一絲絲靠近那段記憶的邊緣，便趕緊掉頭去想其他事情打岔，倉皇落跑。

但是這回，他卻立刻回覆了于嬿的信，毫無隱瞞地告訴她關於自己的事。戰爭受傷後，回家發現已難適應原來的家庭生活，兩個孩子忽然長大，他跟他們之間幾乎沒什麼共同話題。自己像一個外人硬生生插進這個家庭來似的，家裡突然多了輪椅、助走器這類殘疾人用的東西，餐桌上擺滿各式藥瓶，經常有護士、社工來訪，以及每日按時來的看護。他從孩子的眼中看到難堪和不習慣，更不忍妻子繼續受折磨。他不想拖累他們。便在妻子的暗示下，他提出了離婚。之後他住進長照家庭，剛開始，前妻和孩子時不時還來探望，後來變成一周一次陪他去做物理治療，不久兩個孩子各自到外地去上大學。某日前妻來時，告知她換了工作，即將遷往一百哩外的城市。這意味著甚麼？房子將賣，孩子將不再於感恩節、聖誕節定期回到這個城鎮，他將徹底成為孤單一人。其實，他嘆口氣，這不過早晚的事，自己早該料到的。

他看著前妻新剪的短髮，由衷讚美：這髮型真好，從不知亮金色這麼合適妳。真的嗎？她拂著頭髮略帶羞澀。

真的嗎？真的是換了工作？還是有了男朋友，準備再婚？但這跟他有甚麼屁關係，他們已經離婚了，兩個全然沒關係的人。連這個世界都跟他難以扯上任何牽連，除了這個寄住的長照家庭，以及靠他和他們這幫殘疾人領薪水的社工護理等人之外。

然後他對前妻說：妳以後沒必要來了，真的。我會活得好好的。

他壓根沒想好好活著。他開始儲存藥片，計劃自殺。

最後你卻沒有死成。于嫣回信說：而且現在你還認識了我。

她的電郵有時極簡潔，寥寥數語，甚至只一兩句話。像這樣「而且現在你還認識了我」，一句話說明一切，足夠了。

他們很快變成知交，幾乎無話不談，比如她會在電郵裡說：今天我大姨媽來了，身子欠安，就不多寫啦。

他本以為她大姨媽定是個難纏的人物，直到某日陪同屋的中國老人看一個中國紅娘電視秀時，從英文字幕上才看出端倪。他立即發電郵給她：我終於知道大姨媽是甚麼了。

她回信道：不好意思，把你當成我的閨密了。

不。他說：妳還真沒把我當閨密。妳從不跟我談你的男朋友、愛人和社交生活，也從不問我這方面的意見。

那是因為我沒有男友或愛人。她回信道：我的社交也很有限，實在要說的話就是有空去跳跳廣場舞。你知道廣場舞是個啥？

他上網搜尋了半日，終於找到上海北京廣州城市大媽跳廣場舞的視頻。還不只這樣，于嫣時不時發一些英語版的中國當地消息包括畫面和視頻，每當節日來臨更是鉅細靡遺地告知他相關的習俗，以及家裡的相應準備等等。他開始定期光顧中國餐廳，不時叫中國外賣，上網搜尋菜單上或于嫣提到的有趣中國詞彙。這一切，使他感覺自己都快要變成中國通了。

還差得遠呢。她回道：除非你來中國。

這句話引發他無限的想像。同時也使他意識到他們的關係不知何時開始已遠遠超出一般筆友的範圍。或許是由於電郵的即時性，或許是現下網路語言的直接和毫不避諱，他們的聊天幾乎不存在任何距離和隔閡，除了她從不談工作以及她的朋友之外。而他更像是發現一整個新世界似地發現了中國，幾乎每天都根據于嫣信上提及的事物，上網去查看有關中國的種種。總之，她已經占據了他整個的精神世界。在情感上他也已經無法沒有她，更是樂於沉浸在跟她有關的事物之中。

終於他忍不住了：我想知道妳長甚麼樣子。

雖然他曉得要求對方照片是個禁忌，但他顧不了這麼多了。

于嫣的回覆很乾脆：這不難，我們通個視頻吧。

她讓他把手機裝上微信 WeChat，頭一次的確令人興奮緊張（尤其當他們發現對方都長得不錯），但兩人卻進入到一個尷尬、手足無措的領域。過去的熟悉和沒有距離頃刻消失了，因為語言的隔閡（于嫣英文會話的能力遠不如她的書寫）他倆突然被打成兩個陌生人般，不知要說甚麼才好。最後還是于嫣笑著誇讚他英俊（彷彿幾個世紀不曾聽到這樣的讚美），他刷一下臉紅了，心頭小鹿亂撞。那一整天他都有些飄飄然。夜晚，恍如在月亮星光寵愛的照耀下睡著，他感到自己如此幸運，陶醉在一種少男初戀的情懷中。

自那之後，他們只再通過一次視訊，那是去年聖誕節時，他覺得應該要慶祝一下，而他想要一起慶祝的人，當然是于嬿。他跟她約好了時間，打過去。視頻通了，當他看到她，強壓住心頭的激動，說：我只想跟你說一聲聖誕快樂。說完傻笑著拿起旁邊聖誕老人的紅帽戴上。

視頻裡于嬿咯咯直笑：You are so cute!

他說：妳是這個世界上我最想要一起慶祝聖誕節的人。

說到這，不知怎的他突然激動得哭了。

于嬿愣了半秒，立刻傾身向前，張開雙臂，以一種擁抱的姿態，頻頻說：不哭，不哭，聖誕快樂。

我知道，我不該說的，沒想到要說的。他沙啞著：但是我必須要說，我要說的是，我愛妳。

于嬿對這個突如其來的表白有些慌張，她不知道該怎麼回應，只好順著話茬說：我知道你們那邊聖誕節都要跟彼此說我愛你的，對嗎？我也愛你！

這時一個十幾歲的男孩兀自出現在畫面中，他跟凱爾笑著擺手招呼：嗨，聖誕快樂！

接著就是一陣嘻哈相互介紹：這我兒子，來，叫叔叔 uncle Kyle, Kyle is my pan pal 凱爾是我的筆友。于嫣接著介紹兒子，His name is 犀泰。

男孩說：犀牛的犀，泰國的泰。

于嫣翻譯了：His name is rhino, the other word of the name is Thai - Thailand.

犀牛加泰國！也太酷了吧？他打趣道：哈哈哈！

*

已經整整四天了。仍舊不見于嫣的來信。

這期間，他照舊一天一封電郵給她，卻都沒有回音。他試圖用微信打電話，沒人接，要不然關機。他腦子過濾一切可能。他不相信她會出事。前幾天不是還有信來麼？

他查看她最近的來信。最後一封，于嫣明顯地跟他意見相左。

她信上寫說：國外有很多謠言造假，很多人都被這些謊言騙了。你是我的朋友，我不希望你也這樣。

于嬿的這番話是針對之前他發給她的一條新聞。不記得從甚麼時候開始，他倆經常互相分享新聞點滴，大部分是幽默可笑的，但也有正兒八經的時事議題。這一篇的題目叫做「被沒收的地球儀」，忘了他是在哪兒看到的，反正就是覺得挺有意思，當下便發給了她。文章是一個曾經長駐中國的澳洲女記者的親身經歷。

到底這篇報導哪裡冒犯了她？凱爾忍不住把文章拿出來再看一遍：

《雪梨晨鋒報》（*The Sydney Morning Herald*）派駐到中國的女記者柯斯蒂（Kirsty Needham），三年前帶著兒子一起搬到中國北京生活，最近她被調回澳洲，在搬離位於北京的公寓時，找來的那家中國搬家公司在她七歲兒子的房間發現一個地球儀，只因為上頭北京和台北的字體一樣大，搬家公司主管認為這暗示台灣不屬於中國，便強制沒收了這個地球儀。

柯斯蒂在報導中提到，在兒子四歲時，她送給他一個地球儀夜燈，是兒子的助眠小物。每當柯斯蒂出差時，她會指著地球儀上的地方，告訴兒子她即將飛到哪兒去工作，這些年她去過亞洲各大城市進行深入報導——上海、東京、首爾、北韓邊境、河內、新加坡，尤其去年好幾個月都待在香港，在「反送中」示威的第一現場進行採訪，經常帶著沾滿催淚彈粉末的衣服回家。

當搬家公司主管指著地球儀，告訴柯斯蒂：「台灣不是國家，它是中國的一部分。」她向該位主管解釋，地球儀上面並沒有任何訊息顯示「台灣不是中國的一部分」。

不過，搬家公司主管強調：「台北和北京的字體一樣大。這表示台北是首都，但它不是。」柯斯蒂拿出簽字黑筆直接把台北劃掉，但搬家公司主管不買帳。最後，她鐵了心，表現得完全不像一個專業的記者，而是一個要全力維護兒子物件的母親。她到廚房拿了一把刀來，乾脆把台北兩個字刮掉。

這樣總可以了吧？

但他們還是堅持沒收這個地球儀。

柯斯蒂感慨，身為一個母親，她不想向兒子解釋為什麼他最愛的地球儀不見了。她也提到，讓澳洲出生的兒子在北京成長，引發一些矛盾的困境，例如萬聖節兒子會穿著中國警察制服，跟玩伴說「你被捕了」。正當兒子玩興大起，開心表示要用隱形墨水來裝扮成間諜時，讓她很緊張，深怕引起誤會。如今，因為一個地球儀，終於讓柯斯蒂意識到，當初決心要「將地緣政治留在辦公室，不要帶回家」的努力顯然失敗了。

*

于嬿看完報導後，這樣淡淡回覆了他：「國外有很多謠言造假，很多人都被這些謊言騙了。你是我的朋友，我不希望你也這樣。」之後，他絲毫沒有察覺異狀，還傻傻的又加碼發了一條簡訊說：

「這篇報導還真不像是造假，也實在看不出這個記者有任何造假的動機。老實說，我覺得這不僅是個富有情感的故事，從當事人的角度出發，還相當有說服力呢。」

自從他發去這條簡訊之後，于嬿就再也沒來過信了。這是他們通信以來從未有過的。

接著，凱爾一天一封電郵或簡訊，不外乎問她是否生病或者出事，表達他的擔心和焦慮，要她立即聯繫等等。但仍舊音訊杳然。

此刻，他琢磨著，是否乾脆問明白了，于嬿若當真相信這是篇造假的文章並因自己維護假新聞而生他的氣的話，那麼道個歉就好了嘛，有必要以這種滅絕信息的方式作為懲罰嗎？

想歸想，他卻一直遲遲沒這樣做。實在是因為他不認為自己錯了，沒錯怎麼道歉？

在他們過去的交往中，于嫣一直表現得通情達理，怎麼突然之間因為這麼小的一件事生起氣來而對他變得如此頑固冷酷？不可能的啊。難道她不理解他對她的感情麼？難道她會不知道這樣不理不睬對他是多麼大的傷害？

或許，她就是要用這種方式來懲罰他。

只因為他聽信了一則她不以為然的報導。就這樣？還是有其他的原因？或許她的截然斷訊跟這篇報導根本沒關係，這只是一個巧合。是她交上另外的男友？或她多年離家的丈夫突然返回，發現了他們的交往？那她可以跟他坦白說啊，何須如此折磨他？

他突然無法抑制住氣惱，亟欲站起身來，這才發現自己早已無法指揮自己的下肢。胡亂掙扎的結果是將座椅前面的飯菜盤打到地上，頓時杯盤摔了個粉碎，食物灑了一地。照顧的阿姨趕緊跑來關切，並哇哇大叫著，要人來幫忙安撫住他。

*

長照家庭給他的選擇是，要不接受三個月以上的精神治療，等情緒穩定好轉，便可讓他繼續住下去。若不肯接受治療，便得立刻走人。這已經是他換的第三個長照家庭，他恐怕沒有太多可選可搬的去處了。不得已，他只好接受精神治療。

治療師是一個年輕人，叫做銘。無巧不巧，是個從中國廣州來的移民。銘的英文雖然有口音但算流利，用字表達也很清楚。

在銘贏得了他的信任之後，他終於把于嫣的事前後和盤托出。

已經一個多月，她都沒再寫信來了。凱爾像個孩子般委屈地說。

難道，真的是因為那篇〈被沒收的地球儀〉的報導嗎？凱爾迷惑地說：我真的很難說服自己她就是出於這樣一個幼稚簡單的理由？

嗯。銘沉吟道：或許你還不太了解很多生活在中國的人。對他們而言，愛國是一種很自然的反應，而且是很強烈的一種情愫。他們用一種很簡單的二分法，把所有跟他們國家對著幹的人一律劃成敵人。〈被沒收的地球儀〉這篇報導很顯然批評了他們的祖國，而你卻站在批評者那一方，所以你也變成了敵人。

他不想再繼續這個話題了。

或許，明後天，甚至可能今天，任何時候，她的信就來了。一切都回復到以前那樣。

但若她堅持不回呢？

那被沒收的就不只是一個地球儀了，而是他的…甚麼？

愛情？希望？下半生？

*

三個月之後，在銘的建議和幫助下，凱爾開始在附近社區大學的無學分課程中，一口氣選了兩堂課。

「了解中國」是一般初級課程，無須懂中文，全部以英語授課。介紹中國歷史、文化、節慶、風俗，包括講解詩人李白、孫子兵法等等。

嗯，聽起來真的很棒。就選這個吧。

另外，他還選了一堂「中文 101」打算開始認真學習中文。此外，他雇了一名看護，專門開車載他去上課。

依據他的要求和想法，銘幫他整理出一套計畫：先把起碼的中文琅琅上口，再上網去找一個中國女友，條件無須太好，經濟條件差點也沒關係（這時對方露出一個詭異的笑容），越窮反倒越好說。交友之初便講明白先友後婚。沒錯，就是奔著結婚去的。

必要時你還可以去中國相親，真的啊。銘說：即便你有行動上的小困難，但找個看護同行，有那麼難嗎？再說，婚前一定要見面，這樣才能落實你們彼此的關係。

看凱爾對見面相親還有若干遲疑。

銘說：你一定要很自信地把真實的自己展現在對方面前，才有可能贏得愛情。同樣的，你也要看看她的家庭和家人，生活和環境，不是嗎？

終於他下定決心似的，點著頭說：

試試看吧。

于嫣的事就這樣過去了。

人生很多事其實沒那麼大不了，說過便過了。有句中國話是怎麼說的？

船過水無痕。

是的，沒錯。無痕。

他已經把她的微信帳號刪除，心裡沒有半點遲疑或不痛快。

這就是現下的世道，他終於想明白了，網上交友不都是這樣？

妻子之吻

他們好久沒請朋友來家裡晚餐甚麼的了。婚後這一年多來，幾乎天天都在趕時間，簡直忙到腳不沾地。即使偶爾跟朋友聚會也都是在餐廳或卡拉ＯＫ，完全沒有情調的那種吃喝瘋唱。

他們計劃並且盼望這樣的一個晚餐聚會已經好久了。其實早在還沒成婚時便已說好，將來的婚姻生活裡「一定要有幾個喜歡的朋友經常聚聚，有一個理想裝潢的房子，到家裡來吃飯喝酒聊天」，甚至從那時起，他們便已心照不宣開始培養起未來的朋友圈了。

今晚的這個局其實是有些意外的。邵並非他們朋友圈裡的人，過去與她丈夫雖有數面之緣，卻無深交，即使他們都是文壇中人。下午阿恆打電話來，只說會帶一個朋友過來。一開門，未料竟然是邵。

她不曾見過邵，雖然讀過他的書。此時驚見本人，比照片和訪問中更加風度翩翩。她當下便感覺有甚麼不一樣了。一種大腦與荷爾蒙奇妙的串聯，將曾經註冊在腦中作品的誘發力和當下的他整體連結在一塊兒，形成比詩意更美妙的迷惑，有如驟然颳起的一陣風，颯颯翩然襲來。

以致整個晚上她都有些心不在焉。還好阿恆的笑話就沒斷過，沒人察覺她上錯了菜（將水果上到起士盤之前），就連丈夫也沒注意到。

*

夜深客散後，他們家的客廳沙發上躺著一個身材頎長的男子。

邵喝醉了，已躺在沙發上睡著。廳裡的吊燈已熄，只開著茶几上的一盞檯燈，散放溫潤的光暈。他倆依偎在旁邊的雙人沙發上低語。席間兩人都喝了不少酒，她臉頰紅暈，帶著抹似笑非笑的神采。

丈夫幽幽地說：有的時候我懷疑甚麼是幸福？我想，用現在的流行語來說，幸福應該是一種機制吧？在這個機制下，雖然不見得時時刻刻感到幸福，有時甚至沮喪發怒以及人會有的負面情緒都可能出現，但是這個機制卻能帶來最好的片刻和最棒的幸福感。我想，現在就是了吧。

丈夫將她的手揣在懷裡，眼神陶醉。

我在想：妻子輕聲說，生怕吵醒面前那個沉睡的人：要不要給他蓋上條毯子，就讓他在這裡舒服的睡一夜好了。

等下他醒來還是要回去的吧？他不會想要在我們這裡過夜的。

但如果他一時半會醒不過來呢？總不能把人家叫醒趕他回去吧？

我想他會醒過來的，等酒醒人就醒了。

丈夫正說著，妻子已經拿來毯子，小心翼翼地幫邵蓋上，將肩頭掖掖好。

他隨手翻閱邵帶來的贈書，回想起初次讀他作品的情景，帶著某種亟欲一睹為快的衝動，求知的欲望幾乎近似性欲的本能。對，那就是邵的作品所獨具的魅力吧。

他握著書本，湊近燈光，打開扉頁。

人都在眼前了，還讀他的甚麼書呢。

她笑著將他手裡的書闔起放到茶几上，說：

現在，不是應該多看看他的人麼？而不是他的書，書甚麼時候不能讀？

她細細望著眼前這個沉睡中好看的男人。他正發出均勻的鼻息，整張臉散放柔光和知性的俊美。嘴角微揚，人中與下巴上的鬍鬚刮得極乾淨，露著淡淡的青色。

她幾乎就要生出一股觸摸他的衝動來。還好，左手適時將蠢動的右手抓住了。

她轉頭望向丈夫，似是欲言又止。

他倆對看著，彷彿同時想起了甚麼。這場景，這情調，這樣的布局，此時此刻⋯⋯

他們不約而同記起女作家凌叔華寫過的一個短篇小說〈酒後〉。一個在上世紀三〇年代中國大陸發表的短篇小說。

在那個故事裡，夜深客散後，一個男子醉臥在主人夫妻的客廳中，妻子看著男子酒後姣好的睡容，不禁心動起來，竟跟丈夫提出親吻男子的要求。

這一刻，他們看著邵沉睡的姿容，因酒醉而泛紅的面龐，甚至能夠聞到他鼻息散放酒氣甘醇的芳香。他倆同時都被甚麼觸動了似的，有些不知所措起來。

這時妻子無預警地站起來，走向沙發，並坐到沉睡的邵的身邊去了。她那態勢，那種恍若無人的自然和果決，彷彿在任何一秒鐘內都有可能俯下身去親吻酒醉沉睡中的邵。

他突然好希望邵能馬上醒來。如果這樣，是不是他的難題就可迎刃而解了呢？

然而他沒有阻止她，卻是走向書架。沒多久便抽出凌叔華的小說集來，翻開扉頁開始讀起來。

…我只想吻一吻他的臉，你許不許？

真的？那怎麼行？…你今晚喝醉了吧？

沒有喝醉，我沒有喝醉。我說給你聽，我為甚麼發生這樣要求，你就會得答應我了。我自從認識子儀就非常欽佩他…

他對我很讚你，很羨慕我。因為羨慕我的人太多了，我也沒理會。我也知道你很欽佩他，不過不知道你這樣傾心。

小點聲音。讓我說完我的心事——我天生有一種愛好文墨的奇怪脾氣，你是知道的，見了十分奇妙的文章，都想到作者的丰儀，文筆美妙的，他的丰采言語卻不定美好，只有他——實在是我傾心的，咳，他哪一樣都好！…我向來不敢對人提過這話，恐怕俗人誤會。今天他酒後的言語丰采，都更使我心醉。我想到他家中煩悶情況——一個毫沒有情感的女人，一些只知道伸手要錢的不相干的嬸娘叔父，又不由得動了深切的憐惜…他真可憐！親愛的，他這樣一個高尚優美的人，沒有人會憐愛他，真是憾事！

……親愛的，你真是喝醉了。夫妻的愛和朋友的愛是不同的呀！可是，我也不明白為甚麼我很喜歡你同我一樣的愛我的朋友，卻不能允許你去和他接吻。……

這時只聽妻子好整以暇地說：要換做我，如果要吻他，才不會像小說裡那樣說上一大堆有的沒有的理由呢。

他未經思索衝口而出：那你有想要吻他嗎？

瞬間她露出一抹難以捉摸的笑容：如果，我說我有呢？

他遲疑了會兒，然後像一個秉持公正的法官似的：你不需要問我。你可以自己決定，你有自主權。你只要告訴我你的決定就好。

他接著又說：或許，你應該先問問他。

他醉了，睡死過去了。妻子說：而且現在是躺在我們家的沙發上。我不認為我需要他的許可或認可。

他說：如果你真要這麼做，我現在就要走開。

她突然起身，趨前抱住丈夫，聲音柔柔地喚著他。

她緊貼著他的背脊，聲音小得像蚊子。但是他聽見了：我愛你。你知道的。

但你還是要吻他？如果他醒來了呢？如果他不拒絕你呢？甚至迎合你？你會不會跟他做愛？

妻子搖頭：全部都是你的假設。我只是親他一下，只需要一秒鐘。我決定了。對，我要吻他。

等等。我走。我離開這裡。丈夫說完，旋即拿了夾克，走出房門。

他大步踏出家門。他並沒有生氣或妒嫉或任何其他負面的情緒，他只想要離開。他甚至還大公無私地想，給妻子絕對的自由去做她想做的事。

及至於走到街上，他卻突然後悔了。他覺得自己應該馬上折回，他這樣冒冒失失的出走，算個甚麼事呢？但轉念一想，自己怎可食言？而且，假若回去撞見不該撞見的，豈不更糟？

連他自己都不曾預料到，在這一夜的輾轉醞釀後，他的情緒整個變了調，就像一罈子好酒突然變成了酸醋。

沒有人知道那夜他去了哪裡。她猜想他有可能去住旅館，或蹭他堂哥家，二十四小時便利超商，或網咖，都有可能。但她不打算過問，她不要跟他談論這個晚上發生的任何事情。既不去問他，也絕不回答他的任何提問。

次日近中午的時候丈夫才回來。他進屋時的模樣好似一個頭一回走進這間房子的陌生人，彷彿全身細胞和感官都架起了異常敏銳的雷達，企圖要發現哪兒有甚麼不對勁似的那樣東瞧西望，卻又不敢表現得太過明顯。

妻子正弄午飯，她打著蛋，問他吃過沒有。

他未置可否。只問道：他人呢？

已經走啦。

甚麼時候走的？

今天早上。

吃完早飯走的？

對啊。

昨天晚上⋯

不要談昨晚好嗎。

為甚麼不談？

你自己選擇要走的，你說我有自主權。那何必再回來問？

你有自主權，不表示我沒有過問權。我是你丈夫，這也是我的家，我需要知道昨晚在我家到底發生了甚麼？

我不想說，不想告訴你。

我們之間連這點信任和默契都沒有了嗎？

對啊，如果你信得過我，根本就沒必要問。

我好奇，總可以了吧？

對不起，無法滿足你的好奇心。

她將蛋汁倒進熱鍋裡，很快便凝固起來。她熟練地把洋蔥、燻鮭魚、番茄、起士、酸豆以及菠菜撒在薄蛋餅上。將蛋翻個半，蓋上蓋子。旋即將四片吐司丟進烤麵包機裡，轉身打開鍋蓋，將半圓形蛋翻個身。

我昨晚幾乎整夜失眠你知道嗎？丈夫聲音提高了起來：我覺得我們之間的問題其實滿嚴重的。

跟我一樣喝茶？她問他。伸長胳臂將電壺按下。

你有沒有注意聽我在說甚麼？

她把蛋在鍋裡用剷子切成兩半，分別盛在兩只白瓷盤子裡。這時吐司烤好，由麵包機中跳出來。她將每盤放上兩片。

喂，喂。他再度提高音量：你有沒有聽見我說話？

他開始氣急敗壞：我認為我們之間的信任可能已經蕩然無存。你不要裝成一副若無其事的樣子好嗎？你越這樣就越表示有事。

妻子一手端一只盤子不徐不急移至餐桌。丈夫跟在她的身後：我在跟你討論事情好不好？不要逃避問題⋯

她將盤子放在桌上，隨即坐下。說：

我餓了，吃完飯再說。麻煩你幫忙倒兩杯茶過來。

他只好返身去泡茶。一面絮絮叨叨：你知道我們真正的問題是甚麼嗎？是性和情欲。不是邵的問題，他只是一個引子，導引出我們潛在好久的癥結。早就應該去找一個這方面的諮詢師的。

他顫顫巍巍端著兩大杯茶走來：老實說我們應該感謝他才對，若不是因由他，我們還不會正視這事，甚至根本不會發現問題。對，搞不好台灣到現在還沒有這方面的諮詢專家呢。

他放下茶杯。坐下。妻子已經把盤中的食物快吃掉一半，看來她真的餓了。

嗯。她說：沒一百分也有九十五分。

誰一百分？甚麼九十五分？

我是說這個 omelet.

這個杏利蛋餅一百分？霎時，丈夫發現了甚麼不對勁，狐疑地看著自己盤中的食物，說：

我從來正餐都不吃吐司的，我都是吃米飯。你忘了？

不是不給你吃，是沒有米飯了。稍後，她補上句：

你有沒有發現你忽然變得很多疑？

是我多疑還是你心虛？

你不要甚麼都跟昨天晚上扯上關係。你這是泛性論你知道嗎？

他霍然起身：我沒辦法再跟你繼續這樣裝成沒事人樣的過下去。你如果不願意開誠布公把昨天晚上的事情講清楚——還有包括所有我被蒙在鼓裡你跟別個男人的任何事所有的事⋯

這叫血口噴人，你就是在古時候會把媳婦逼得上吊跳井的那種男人⋯

他們開始爭吵。這好像還是他們結婚以來第一次這樣臉紅脖子粗地劇烈爭吵。

*

沒有人知道他們為甚麼分居，甚至沒有太多人知道他已經搬去他表哥家好一陣了。包括他們雙方的父母，以及大部分的友人。或許這並不算甚麼正式的分居，這只是一種暫時性的緩衝。

至於緩衝些甚麼，他也不甚知之。在這期間，尤其剛離家的那幾日，他不時被那晚的夢魘衝擊著。他想像妻子和邵之間可能發生的各種狀況：

她終究是吻了他，卻因此引得欲火焚身，輾轉難眠。她起身再度走到沙發旁，這時邵突然醒來，他們⋯⋯

就這樣，他被惡靈纏身似的，心智整個淪陷，飽受失眠和焦慮的折磨。面色枯槁，兩圈浣熊眼。

連一向不愛管人閒事的表哥也看不下去了，說：你看起來好像一具殭屍。

不是好像，就是。他沒好氣地回答。

終於，他去找了專家諮詢。只是那種婚姻顧問非常一般，基本上都是在開導解決一些婆媳矛盾、經濟、親子，還有家暴之類的問題。在聽完他和妻子的故事之後，一個笑說這根本就不是個事，言下之意大有怪他「庸人自擾」。另外那個比較能夠理解，好心推薦一個專門針對性困擾的諮詢顧問給他。「因為國內這類的諮詢正在起步，還沒正式啟動，所以，就還沒有核發執照就是了。不過，她應該是很專業的，有碩士學位，你可以上她的網站去看看。」

於是他先上網，在「專門治療」的項目上寫著：

性自覺，性向鑑定，性無能，性成癮，性壓抑，性自閉，性變態……

唔，聽起來都蠻嚴重的。他琢磨道：好像並不合適自己。

這時看到網頁上有視頻，他很自然便按下。

視頻上是一個三十多歲的瘦弱男子在診室中，他的臉被馬賽克。女諮詢師介紹說患者有憂鬱症，並且是性自閉。

從他們的對話中得知男子恐懼在愛人面前脫衣，也無法有正常的性生活。

這時，女諮詢師先牽起他的手，要他放鬆，在女諮詢師柔聲的開導下，男子由緊張不自在逐漸放鬆。在女諮詢師循序漸進的導引下，男子的臂膀開始慢慢搭上女治療師的肩頭，最後與她擁抱在一起。

接下來的竟然更加聳動，總之這段視頻讓他看得瞠目結舌，他相信這種治療肯定是國外流行過來的。對噢，怪不得無法核發執照，到底要如何定義女治療師呢？是醫療服務還是性工作者？這果然有爭議性。

*

他坐在診療室中等待。不一會，女諮詢師來了。在看完他填的病癥表格後，她問：有甚麼可以幫你的嗎？

我，我對性恐懼。我不敢在人面前脫衣。我…不敢去吻我喜歡的女生。

你怎麼知道自己不敢？你有試過嗎？

他回憶著網頁上的視頻，女諮詢師現在是否就要對他說：

「下一次，我們可以試著脫掉衣服，我會配合你。讓你感受跟一個女性一起裸體的感覺。」

他鼓起勇氣，說：你可以跟我一起脫衣嗎？你可以教我怎麼去親吻女生嗎？我可以吻你嗎？

你是裝的吧？女諮詢師眼光凌厲地望著他，板起臉孔：你到底是不懷好意還是真有困難？

他低下頭去，感到莫名的羞慚。他把自己的情況向她如實托出。他說自己之所以裝成性恐懼症，是因為看到視頻上她的治療——可以與患者一同裸體。或許唯有這樣，他才能夠和妻子扯平，才能跨過這個坎。最後他像一個請求寬恕的罪人那樣，只差沒跪下來，說：希望能獲得妳的諒解和原諒。

這時，聽到敲門聲。

女諮詢師這才開門進來。

他頓時從胡思亂想中回復過來。

她對他友善地微笑，接著說了一些甚麼。在真實面對這個自己一度企圖褻瀆（儘管是在想像中）的女性時，他簡直無地自容，根本還沒來得及細聽她的講述，慌亂拋下一句「對不起」後，便像個竊賊似地狼狽逃出了那間診室。

*

他幾乎已經忘記了季節，直到他走在羅斯福路上看到路旁高大的木棉開著橘色的嫣紅花朵時，這才想起，已經是春末了。陰冷多雨的日子終於過去。

突然他被眼前的一個高大男子叫住。一看之下，竟然是邵。

邵熱情招呼，一時之間他不知要如何反應才好。好一會後，才恢復正常，兩人寒暄起來。

邵說：實在失禮！那天晚上竟然喝到醉得不省人事⋯

沒有沒有，難得嘛，人生難得幾回醉。

早就想要過去跟你們道謝，那晚實在太打擾了。對了，我寄去的書你收到了吧？

哦，哦，⋯有，有吧。

那天晚上你不是說在找最早出版的台灣現代詩大全嗎？剛好我在一家專賣絕版書的店看到，一共兩冊，還是商務印書館的原版呢。

喔，居然他酒醉後還能記得，而且竟給他找到絕版書，並買了寄來，這實在是太大的一個人情了。他當下感動得不知要說甚麼才好，只能吞吞吐吐地道謝，推說自己這陣太忙還沒來得及拆封云云。

他本來只想應付他兩句便走人的，如今卻因著這套贈書被突破心防，就這樣兩人走著聊著，不覺已到溫州街。

他們不僅同去喝了咖啡，還聊了甚多。從邵口中得知，那日早晨他酒醒後，妻子告知「丈夫一早去買了早餐，現在到公園運動去了」。

之後邵和妻子一同用過早飯，還不見他回來，邵便率先告辭。

原來，妻子編了這樣一個溫暖的謊言來掩飾他那晚的出走。

話鋒一轉，邵突然說：你太太都跟我說了。凌叔華的那個短篇小說〈酒後〉，跟我醉倒在你家沙發上的情形真的是百分之九十吻合。

他頓時臉熱心跳，結結巴巴地說：她，她都跟你說了甚麼？

也沒有啦，我覺得很榮幸，偶爾扮演一下偶像也挺好的，特別是自己醉得不省人事的時候。而且無巧不巧意外演出經典故事。真的是很榮幸喔。

她，都告訴你了嗎？

嗯。怎麼說呢？你太太是一個很純真的人，而且很直接坦白。這種直白不只是勇氣，其實是一種自信。是那種已婚女人，且是婚姻幸福女人才有的自信。你一定覺得很驕傲吧？

邵說罷便爽朗地笑起來，露出一口潔白好看的牙齒。

沒關係。他突然鼓足勇氣對邵說：你可以跟我說實話，我承受得住的。真的。

邵露出一絲驚訝，沉吟半晌，突然正兒而八經地說：

你知道嗎？很多女人喜歡拿丈夫來逗趣，等丈夫一離開，她馬上就沒勁了。

難道這是邵的經驗之談？他遂問：你太太是這樣的嗎？

嗯，大概有時候是吧。邵又笑，露出一口好看的牙齒：否則我怎麼會知道？

突然他全明白過來了。頓時，他當頭棒喝般，對啊，那晚在自己跑出去後，一時之間，屋子裡的氛圍情緒必然全變了調，那樣的情況下，怎可能還存在甚麼浪漫狂想？妻子的那些遐思以及她的頑皮天真和任性也只有跟自己在一起時才會有的啊。不是嗎？

他們之間的對話，就這樣如休止符般停歇下來，像是樂曲中有意安插的空白。他看著咖啡店外溫州街上那棵高過屋頂茂盛的楊柳，葳蕤蓬鬆的青綠垂枝在春天的微風中輕拂。幾個年輕人從它身邊怡然走過。

他如老友般拍了拍邵的肩膀。

對，對。你說的對。

臨走，邵說：找個周末你們到我家來喝酒吧。我太太人是比較低調啦，不過她一定會很歡迎的。

他跟邵揮手道別，目送他高大的身影走出溫州街小巷。

轉過身，他感到有些茫然，不知這陣子自己的失落到底為了哪樁。他看著眼前巷弄的分岔口，有點搞不清回家的方向，左看右看，定睛才弄出分明。

他啞然失笑。對啊，真的好久沒回家了。

艾菲爾鐵塔

早上七點剛過。皮耶・巴杜正吃早餐，多年來一成不變的咖啡和可頌，在一夜飽眠之後簡直就像生平第一次品嘗那樣的新鮮和受用（對啊，他已好久不曾這麼好睡）。伊莎已經上班去了，其實她才剛走，身邊的椅子似乎還殘留著她的溫熱，空氣裡有一絲她的味道，挺好聞的。他不自覺地嗅著，不知何時伊莎又換了香水牌子，摻和麝香和檀香味兒的香精稍著一縷中國的濃郁。他不覺想起她化妝台上那只金得發燦三角錐狀的細瓶香水來。甚麼時候伊莎開始迷上東方的？嗯，應該有好一陣子了吧？

他記得多年前他們剛開始約會時，她全身上下頭髮身體那股清爽的肥皂味，每次做完愛，即使出一身薄汗，依舊是那樣好聞，他開始絕望地懷念起那時期清純的她來。

喝完最後一口咖啡，他起身收拾杯盤，在轉身進廚房的當兒，不意瞥見客廳的大窗。

呃……

他突然發出一聲叫喊，聲音帶著悽慘。呃，他又看見遠遠那尖峭的艾菲爾了。

最近以來，他出現一種神祕而怪異的症狀——見不得艾菲爾鐵塔。只要鐵塔在他的視線裡出現，不，只要想到鐵塔，或鐵塔在半睡半醒半夢的狀況中出現，就會立刻讓他悚然驚醒，產生陣陣焦慮，甚至衍生恐怖聯想。

好比，自己站在鐵塔邊緣，不小心失足跌落，頓時的失重讓他發出戰慄的尖叫。幾鐵塔變成尖尖的火箭，霍然升空，燃燒著，冒著團團白煙，直向他的住處轟來。聲震破耳膜震碎身軀內臟的巨響，火團在眼前燃燒，他在恐懼中狂喊尖叫，感到切膚的灼燒炙痛——啊，啊——他倏然醒來，聽見自己喉頭發出微弱猶如嬰兒般的咿啊之聲。哦，原來是做夢，頭臉滿是涔涔汗水。

另外，還有在夢中出現的：鐵塔內部組織如鎖鏈般牢牢將他緊緊縛住，讓他無法呼吸，在窒息的巨大壓抑中醒來。

做惡夢還不打緊，往往夢境如下載檔案般從此在腦中生根，經常不由自主地浮現，即使看不見鐵塔也時不時被鐵塔折磨。還好他和伊莎已經分房。這陣以來，每到就寢，他一邊恐懼著做關於鐵塔的惡夢，一邊卻又暗自慶幸伊莎不在身邊，這個怪異的心理毛病不至於被她發現。

此刻，他一面用雙手摀住眼睛，一面卻又忍不住從手指縫中偷偷窺視透過玻璃窗出現在天際線的鐵塔。他可是住在巴黎啊，要如何避免看見這個尖塔呢？一定得想個辦法去掉這座魔塔，或者，乾脆一了百了搬離巴黎，以便結束這場要命的惡夢。不，不是夢，是真實，因此才更可怕。

他開始背著手惶恐地在屋中轉著圈子踱步。總得想出個法子，不能這樣坐以待斃啊。他抬起頭來，頓時，窗外那座衝出天際線的尖塔又躍入他的眼簾。即使在天際線中鐵塔頂端不過如螺絲釘般大小，他依然感受到尖塔如針般刺向他的胸膛，啊，啊，他摀著胸口發出椎心的悶聲呻吟。

他回憶起當初買這間公寓時，那是他和伊莎結婚數年之後。當地產經紀帶他們走進客廳，從二十九層公寓的窗外望見藍天下尖聳的艾菲爾時，伊莎差點沒興奮地尖叫起來。即使遠處的鐵塔看起來比牙籤大不了多少，他倆也高興到不行，執意要買下這間房子，不就因為客廳窗子能望見艾菲爾鐵塔麼？而現在，今是昨非得多麼厲害。他完全不敢跟伊莎透露自己陷入的這個莫名其妙的可怕窘境。前兩天他甚至還跟她提議要裝一面窗廉，將窗景整個遮住，「這樣比較能夠保有隱私啊。」
誰會爬到二十九層樓來偷窺我們？伊莎說。好吧，如果真這樣，我也認了。
他還不死心：這樣光才不會一直射進來，家具比較不會褪色啦。
你瘋了嗎？好端端要把艾菲爾遮住？你腦子到底在想甚麼啦？
他迅速從廚房抽屜抽出一張窗簾公司大減價的優惠　來給她看。
理由充分地說：從家庭預算的角度來看，不用這折價　委實太可惜了。
伊莎突然衝著他爆笑起來。她笑得前仰後合花枝亂顫。
不知從何時起，她經常這樣對著他爆笑，彷彿他是個滑稽的玩偶，或傻子。

*

直到他走進地鐵車站，整個早上鐵塔的騷擾才算告一段落。
他呆呆坐在子彈速度般行駛的車上，彷彿一個剛被宣布罹患癌症的人。一不留神，忽然在車窗中瞥見自己憂傷的面容，當場嚇了一跳。自己甚麼時候變成這副樣子的？一定沒人會相信他是剛過四十的人。

想到辦公室的窗子也正對鐵塔，他們宣傳部雞尾酒會所在的聯誼廳玻璃大窗更像是來專門瞻仰艾菲爾用的。走到哪裡都是鐵塔的影子，對啊，在巴黎，隨時隨地在哪裡都望得見鐵塔。也只有在搭地鐵時，才能得到片刻的安寧。

這時他突然想到羅蘭巴特說過：「在巴黎，唯有在鐵塔上才看不見鐵塔。」是啊，自己怎麼都沒想到。他這就急忙滑起手機開始搜尋羅蘭巴特說過有關鐵塔的隻字片語。

「…在接近它時，鐵塔不再像是正在勃發中的植物新芽，反而像是綻放中的花卉。往上攀登時宛如進入由空氣和鋼鐵構成的花朵之內，其中有挺直的纖維，參差的花瓣，密密麻麻傾斜的花蕊，鋪伸的枝葉，以及把如此複雜有序的物體拉向穹空的運動本身。…」

他囫圇吞瀏覽，尚無暇仔細消化這段描寫細膩的文字，火速做出決定，很快給祕書小薩發了一條短訊：

今晨身體不適，無法如期出席上午的會議。先請假半日。如有要事，請短訊聯絡。皮耶。

他覺得自己必須像唐吉軻德那樣，拿著長劍，勇往直前，向著敵人（不是風車而是鐵塔）奮力砍殺，將劍對準它的心臟，直直刺去。把鐵塔像多層蛋糕或餅乾那樣一塊塊砍倒，砍到支離破碎。

他準備好了。

*

走出車站，才發現自己原來下錯了站。他站在地鐵口的人行道上左顧右盼，這哪裡是艾菲爾站？連附近都不是，差得遠呢。啊，啊，這裡不是伊莎上班的地方嗎？再走三條街便是。他正猶豫著是否要給她打個電話，一起吃午飯？但現在距中飯時間還太早。那要說甚麼才好？為啥突然好端端上班時間跑來找她？難不成要把關於鐵塔惡夢的來龍去脈整個向她和盤托出？

就在他思前想後時，竟瞥見對街咖啡館靠玻璃窗的座位。那不是伊莎嗎？她正跟一個亞洲男人對坐著有說有笑。真的是她嗎？不可能，她工作那麼緊張，哪允許她上班時間出來逍遙。但那紅衣女真的就是伊莎啊。

她今早穿的是紅上衣嗎？他開始在腦中快速倒帶，腦中卻是一片茫然。就在這時，亞洲男子突然伸出雙手捧起女人的臉龐來。不！他幾乎就要喊出聲來，氣血湧上腦袋：

不可以！

這時視線突然被一群吵嚷的行人擋住。他跑上前去企圖撥開人群想趕緊過街探個究竟，卻被一撥撥的人潮阻擋。他感到暈眩，彷彿正攀爬在鐵塔邊緣，腳不著地，幾乎隨時可能墜落。不！來此不就是要滅了這隻巨龍的麼，怎可出師未捷身先死？

此時他聽到此起彼落尖銳的警哨。他頓時清醒過來，更多吵雜聲與一群群的行人湧上。

有人喊著：快走，快走！黃背心又在抗議鬧事了。

他想從街道的另一頭穿出重圍，不想，卻正朝示威抗議的方向而去。他開始一路用跑的，甚至不理會一個警察的緊急吹哨阻攔。

這時他看見了，一群穿黃背心的傢伙在朝中國滙豐銀行丟擲東西，HSBC 的幾扇大玻璃窗瞬間被砸破，匡啷啷玻璃碎裂如瀑布般狂瀉而下。他感到氣血沸騰起來，一股股莫名的激動不斷湧上。這便飛快跑去，一面大喊著。可惜他手裡沒有可以丟擲打砸的東西，只好揮舞起雙臂加油打氣，不住跳躍大喊：衝啊！衝啊！

一群警察瞬間蜂擁而至，圍捕眾人。

他想要突出重圍，突然感到背後一棒重擊。接著一個警察飛腿將他掃倒，另個不顧他的拚命掙扎叫喊，硬是踩住他的胸口，接著便將他兩臂扭過來戴上手銬。

老警把十幾個傢伙像堆馬鈴薯那樣一股腦堆擠在一部警用卡車裡。車子開動了。

旁邊一個年輕小子瞅著他說：你不是黃背心也被抓？

我？他一本正經地：我是來砍殺艾菲爾巨龍的。

那人搖搖腦袋，啐了一句。

*

當伊莎出現在警局的時候，他立時感到一陣溫暖，不由得紅了眼眶。

伊莎對他說：不用怕，你沒做甚麼，你沒犯法。他們不會對你怎樣。

她為他交了贖金。還未走出警局，他已一把將她抱住。開始脫她的外衣。

不，不要這樣，等回家⋯
這時伊莎的外套已經被他脫掉一半，露出裡面的藍上衣來。
你今天穿的是這件藍衣服嗎？
是啊。為甚麼？
沒，沒什麼，真好看。這藍色剛好配你的藍眼睛。他開始熱烈擁抱她親吻。
真好看⋯真好看。他輕聲喃喃道。
在吻她的時候，腦後飛快掠過一個鐵塔崩塌的影像。
無聲地，鐵塔一層一層地下陷，猶如紐約世貿雙子大廈倒塌的影像那樣。
快速卻無聲地崩落塌陷，
立時煙塵瀰漫，終至灰飛煙滅。

這之後，他再未做過關於鐵塔的惡夢。
只是他始終沒弄明白，在自己的潛意識裡，鐵塔到底象徵或隱喻了甚麼？
如今，他看到艾菲爾已不再心驚，鐵塔不就是鐵塔麼，有啥可大驚小怪的。
而大多時候，他對它總是視而不見的。住巴黎的人，大多都這樣吧。

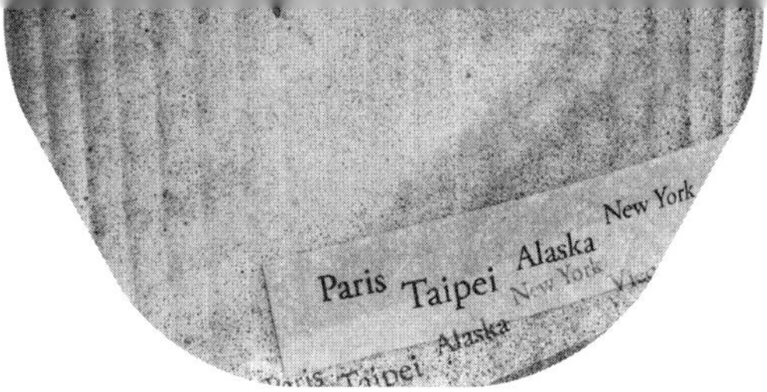
New York
Paris Taipei Alaska
Alaska

輯三

New York
Taipei Alaska
Alaska

離家

人家問起他的職業，他喜歡說自己是個滑飛工程師。然後開始解釋：最早我是微軟的軟體設計師，三十七歲那年退休後改行做硬體工程。至於是甚麼工程，具體很難一下子幾句話把它講清楚。差不多在同一時間吧，我開始對滑飛——也就是懸掛式滑飛 gliding 發生了莫大的興趣。從那以後我就把自己的工程專業跟滑飛的興趣結合起來。現在我做的，簡單一句話：就是讓人能像鳥一樣自由自在飛翔的工程設計。

如果有更多時間，或有媒體採訪時，比如他獲全美飛翔 gliding 冠軍那回，他的解說就會更加來勁：那時候我差不多每天，只要天氣允許的話，都要到山頂練習滑飛。雖然它看起來好像沒在運動，但其實不然。滑飛需要好的體力和體況，高空很冷而且風大，還需要維持很長的時間。或許大家會以為，飛行時候的基本姿勢就像「超人」那樣，跟地面平行。其實不然，滑飛大多時候還是與地面呈垂直或傾斜，滑飛器上有一到兩把椅子，可供一或兩人坐。這樣說好了，就像降落傘下面帶著椅子，前面有個方向盤，隨時可操縱方向、速度，升高或降落，肩帶上綁著傘繩。而我正在研發的滑飛工具會更像一隻鳥，完全不用傘，兩手握著的是輕巧的翅翼。嗯，等我研發成功後立刻會向世界展示。

一般我飛行的高度都在海拔一千到五、六百英尺之間。那樣的高度最理想，既可以看到所有的地面風景包括山脈、河川和城市景觀，也不會擔心撞到甚麼，因為遠在飛機飛行的高度之下。

感覺上麼？不，絕對不像搭飛機，而是自己在飛翔。沒錯，就像鳥一樣。那是一個極特出的經驗，在地面上不可能經歷的境界。是一種身體、物理、精神在同一時間的提升。對，理論上確實有點近似靈修，但是更具體，震撼也更大。

冒險？你說冒險是嗎？不。它甚麼都可以是，就不是冒險。

冒險應該是充滿刺激，對吧？而這不是，這是一種巨大的、震撼人的平靜，心靈向上提升的平靜。啊，等到哪天你親身經歷，就知道我在說甚麼了。

*

台北的雨已連續三週沒停過。滑飛在這裡變得完全沒有可能。別說台北近郊還沒有 gliding 的場域，就算是有，如此惡劣的天氣下，也辦不到。

他躺在床上，醒來睜開眼睛首先聽到的便是雨聲。沒錯，昨晚不也是聽著雨入睡的嗎？窗外仍舊一片暗渾，淅瀝的雨不斷下在大樓狹隘的天井裡。

對面住戶裡的一對男女突然揚聲吵了起來——猜想他們是夫妻，也只有夫妻才會以這般無所忌諱與憎恨的聲調彼此大聲嚷嚷。他聽不真切話語的內容，好在這吵鬧聲很快便偃息下去。

他遂又兜回雨的問題上來。雨對他而言應該是老熟人了，畢竟自己在西雅圖住過那麼多年。似乎只記得台北暑天令人無法忍受的濕悶與燥熱，卻忘記這裡春天的梅雨季，還有冬日連綿不斷讓所有東西包括人都要發霉的淫雨。即使西雅圖一向以多雨聞名，台北與之比較起來，還真是有過之而無不及哩。

就拿這次來說吧，這雨簡直下得漫無章法，死皮賴臉幾日夜不肯停歇。他一度懷疑是自己的幻覺，但，不，外面確實還在淅瀝淅瀝地下著。這雨只有大小之分，卻從無停頓。晝也下，夜也下，無時無刻不停地下著。

此刻他躺在床上，本想為這一天好好打算一下，無奈碰上這場無歇止的雨，讓日子變得如此不堪；如此的霉濕邋遢。除了忍受捱過之外，絕無別的辦法。他發現，一旦無法滑飛，自己其實跟街上的庸碌大眾毫無分別。

若是好天，或者只要不下雨，起碼在台北他還可以去打打球。球場上和俱樂部裡總能碰上幾個半生不熟的球友，那樣隨意聊扯一會，也算是某種形態的社交，一來可以跟自己交代過去，二嘛實質上也能運動一下筋骨，出一身汗，再來就是打發時間和驅逐寂寞。可這雨不停地下，他就只能待在屋裡對著電視和電腦的份了。

在這個所謂的故鄉，他發現自己還真是孑然一身。想找個人隨便聊聊吃頓飯甚麼的——無論舊識新友或者親戚，只要別涉及談論對象就好——可在腦中連番搜索之後，竟無一人。也或者有，但又怕話不投機或要費盡心思找話講，還是算了吧。如果想找個女友，倒有一堆女光棍對他趨之若鶩。只是在兩次不愉快的婚姻後，現在他最大的忌諱的就是談對象。對象一旦談上，就好比一條無形的鏈子套在脖子上，如此這般成為某人的所有物、階下囚，甚至變成一條忠犬或男僕，更有可能的是不得不成為飼主的金錢物質供應站。更糟的，這把年紀還要伺候性需求。想到這一切，實在比任何形式的寂寥都還來得可怕。

*

他擎一支灰傘，在小雨中從容穿過大安森林公園，一路踱到永康街去。走過大片草地、池塘與叢樹，感到這綿綿雨絲似乎讓城市安靜許多，起碼公園裡聽不真切馬路上的各種車聲。

也因為下雨，一下子減去大半遊人，甚麼打太極拳的，跳健身操的，賣東西擺攤的，鬧著耍著四處竄跑的孩童，娃娃車和年輕父母俱沒了蹤影。

每個人擎把傘，彳亍雨中，給自己創造一個獨有的小天地，跟他人的空間區隔開來，無形中多了份安心自在。

他感覺眼前這份煙雨飄忽很受用，跟他關在屋裡的那種鬱悶，有著天壤之別。看來實在並非雨的問題，而是那間屋子，不論裝潢如何得宜，那麼一個四面牆的滯閉空間，待久了不發瘋肯定也要悶出病來。

他選了一間上海館子，叫了兩籠湯包，一碟涼拌菜，幾乎一下子就掃光，但還感覺餓。他懷疑現在飯館普遍以一種不易讓人察覺的高妙手法在偷偷減少東西的分量。沒法，只好又要了一個湖州粽，一碗餛飩湯。

這時，他突然想到一個特好的比喻——自己不就像一個從粽繩中不意掉落的粽子嗎？通常一把提起粽繩軸，便可以提拉起整串粽子。唯獨就他，失落在鍋底。不知從何時起，他不再歸屬於這支粽子大系。或許是打他出國起，也或許是父母相繼離世之後，他的這條粽繩便斷了線。這就是為何每次他回來都會產生一種茫然之感：這裡真的是我的家嗎？

家鄉，hometown 這個字眼連唸起來都會給人一種溫馨的錯覺。然而，身處其中，卻何其空洞；特別是人在這裡，格外不知如何自處。

這樣邊吃邊想，吃完之後，肚子雖然填飽，心裡卻感覺空蕩蕩的。以致回去的路上，雖然雨奇蹟似地停了，他卻並不因此而雀躍。踱步公園邊的人行道上，人彷彿沒了重量，像只輕飄飄的氣球，隨時都可能被風颳起來吹走。

就在這一刻，奇妙的事情發生了。他的身體突然開始脫離地面，一寸寸往上浮升，真的好似氣球一般騰空而起。他反射性地高擎雨傘，同時張開另一隻手臂，身體便像平時滑飛那樣，慣性地，駕輕就熟地往上飛翔起來。隨著陣風和空氣的浮力，他開始越飛越高。

那支輕薄的小傘不知何時從他手中被風吹走，如同一支隨風而去的蒲公英般，在幾個美妙的旋轉之後，斜斜無聲地墜落。

此刻，他快樂地飄浮在台北的上空，不，應該說是翱翔才對。這會兒，不僅雨停了，連太陽也露出臉來。透過雲層可以很清楚的看見城市的輪廓，高速公路、建築、河流、橋梁、街道、車群，以及細小如蟻的行人。

喔，那不是過去他們舊家的社區嗎？當然，早在若干年前便已蓋成高樓的國宅了。不遠處那個他曾經就讀的國小，雖還位在舊址，可校舍規模卻已擴建甚多。旁邊的市場不見了，道路拓寬若干。新型建築一幢緊挨一幢，敦化路與仁愛路上的綠地彷彿故事書上的綠茵，盎然可愛。

突然，他看見一個人拉著行李，氣急敗壞地站在路口招車。

喔，那不是自己嗎？

就是他拉著隨身行李搬出姊姊家那天。那年，他都已經超過三十歲了不是嗎？可絕望的程度卻不下於一個被踢出家門的孩子，他也搞不懂自己為甚麼會哭得那樣唏哩嘩啦。

他看著當年那個傷心的自己，徬徨地站在巷口，儘可能地抑制著啜泣。這時，一輛計程車忽然在他面前停住。他想也沒多想便立即跳上，強忍住嗚咽咕嚕出一個連自己也難以聽清的地名。

司機詫異地瞥一眼這個兩眼泛著淚光、臉面緋紅的傢伙，自然不好繼續逼問他到底要去哪裡。

當晚，他在林森北路弄巷裡一間六樓小套房住下，多虧那個司機對台北各個門道的熟悉，否則他還真不知晚上要睡到哪裡。躺在遼闊的大床上——屋內幾乎五分之四的空間屬於這張床，卻連在上頭打個滾的心情都沒有。腦裡來來回回全是姊夫那張無情的臉面——刷一下推開面前的碗盤：

黏糊糊淡不啦嘰的，這種東西也能叫菜？

頓時，姊姊臉色大變，但還是忍下了。

他看不下去，打著圓場：聽說有個名作家的丈夫也說她的菜炒得像漿糊哎。

姊夫的矛頭立刻轉向他來：你懂甚麼？三十多歲的人還像個貝比，要知道我們房子也是要付房貸的，你住這裡應該曉得要付房租你知不知道？

他一時不知如何反應，夾口菜胡亂吞下去，然後才把碗筷一擱，推開椅子站起。嘴裡嘟囔一句：

我走。

老姊錯愣一旁，不知如何挽回這個失控的局面。

他不知自己如何忍下這口鳥氣。他當時絕對可以做到掀了桌子讓碗盤悉數掃地，他完全可以不顧後果地發一頓脾氣，更可藉此機會跟姊夫打上一架。自己正在氣頭上，搞不好因此打贏的機會大些，即使身子骨比不上姊夫的粗壯。可他居然把這口氣吞嚥下去，寧可把自己哭成一個孩子。

或許，他該回老姊一個電話的。她已經打過兩次電話來了不是嗎？倒不是因為在這個城市，他只剩姊姊這唯一的一個親人；而是依目前狀況來看，她可能還更需要他呢。

果然，她像是守著電話等他打來似的：你在哪？

……

在哪嘛？

旅館。

吃飯沒？
哎你不要一開口就吃喝拉撒好不好？
鐵定是吃飽了，嘴才這麼貧。
最後，他還是問了句：家裡沒事吧？
他發完瘋就沒事了，每次都這樣。
或許他走後他們吵過一架。不是或許，那肯定是。
真的沒事？
囉唆啦。跟你說沒事就沒事。隨即，她掛了電話。
即使問題一樣沒解決。但打過電話後，心裡卻舒坦些了。
對面華西街吵嚷的人車聲，透過窗口轟隆轟隆的冷氣馬達聲傳進來。
這才發現這間房的布置悉數一片粉紅：粉色蕾絲燈罩、心型靠枕以及粉色心心相印的壁紙，牆上還有一幀老外情侶依偎的粉色海報，整間瀰漫濃厚的春宮氣息。
隨著心情好轉，這春宮也顯得不那麼討人厭了。起碼房內可隨時上網，不另外收費。想至此，他忍不住再度屏息傾聽隔間不斷傳來的可疑嗯哼，乾脆將耳朵貼上牆面聽個仔細。混帳，這女聲已經持續大半個晚上了不是嗎？

他索性往牆上重捶兩下，拉開喉嚨嚷道：哎，拜託你們打炮小聲點行嗎？

這麼多年前的往事，竟然歷歷在目，簡直不可思議。那肯定是他這輩子最絕望的一天。當時正值失婚失業，窮困潦倒，或許因此才成為最難忘的一天吧。

老姊呢？這次回來為何沒見著她？他繼續低空飄遊，心裡充滿疑惑。

在市區上空游移一圈後，他看見有堆為數不小的人車群堵在一座廟宇般的黑色屋脊前，看來這個陣仗不小，車群中還有電視台的大型 SNG 採訪車。不知為了啥事？

就在進一步仔細觀察時，發現老姊竟在人群中。她一身都是黑色，戴著墨鏡。他覺著納悶，這實在太不像她平日裡的妝扮了。卻也發現，其他眾人也都是同樣一身黑。他正琢磨著，該找個空曠點的地方先降落再說。便在下降時，不意瞥見靈堂。他一驚，差點因此摔落地面，還好及時穩住——死者的照片不是別人，竟是他自己。

再仔細一看，葬禮上大多是些他看著眼熟但卻叫不出名字的人。有一些過去的同學、鄰居，朋友以及朋友的朋友。半數以上，甚至更多的人是他根本不認識的。

或許有些老姊的朋友，是她特地找來充場面的（這一向是老姊的行事風格）。不過，也或許他們是衝著他的名氣來的。

這時，他看到老姊對著採訪記者和鏡頭說：之所以堅持在國內舉行葬禮是因為我們重視落葉歸根的傳統。我弟是一個「家」的觀念很重的人，雖然他長時間住在國外。

老姊的口才得體得讓他有些吃驚。平時她總都跟他打屁扯淡，吐不出甚麼像樣的話來。這時記者又提問，他沒聽清。但見老姊回道：

對他這次因滑飛意外喪生，我們只是傷慟，但沒有遺憾。畢竟他是死在自己的故鄉，勝過死在異地。再說，他拿過全美第一，也等於是全世界的第一。我相信對他來說，即使是死，能死在他這一生最熱愛的事上，也算死而無憾了吧。

他覺得這幾句話太老生常談，而且有些肉麻，便想掉頭漂浮離去。原來，自己還算個聞人，但這已經不重要了。正要轉身，這才想到，怎麼沒見那個混帳姊夫？他搜尋一圈，確實沒他。或者他懶得出席自己的葬禮，寧可躺在家裡看電視。不，肯定不會，他一定會來湊這個熱鬧的。也許他死了，或者他們已經離婚，老姊不總說要離婚的嗎？好吧，不管怎樣，現在這也都無關緊要了。

他飄遊在這個城市的上空。感覺真好。

他開始飛升，越飛越高，升到幾千呎的高空。此時他已飛離島嶼，飛出了基隆，也飛出了花蓮，飛升到台灣東北海域，地圖上台灣東北尖端有如一個斧形獸角的那一小塊越來越見渺茫。

他想起第一次出國，在飛機窗口首次從高空俯瞰這個綠色島嶼的激動心情。哇，一座蒼綠的小小島嶼在藍不可測的海洋中，好奇妙啊，自己竟然從不知出生長大的地方是長這樣的。這跟他認知中的街坊鄰居市場公園學校城中鬧區海灘山脈，簡直相差得太遠太遠了。

高度的改變竟能完全改換視野，然而卻不能剷除內心澎湃的情感。他看到當年那個坐在飛機窗口激動萬分、無法抑制抽泣的自己。

到底是因為第一次離家而悲慟，還是終因掙脫了家庭和家國的束縛喜極而泣？他到現在都還分不清，或許兩者都有吧。但這也已經不重要了。

對啊，幹嘛拘泥在「家」這個狹隘的觀念裡呢？自己之所以熱愛滑飛，不正是要徹底解放，得到自由的麼？

他終於飄升到太平洋海面上，緩緩往西而去。這時，他有一種走在回家路上的熟悉感，「終於可以回去泡個澡」這樣的期待在心中開出一朵花來。

轉念之間，才意識到自己已經是死了的人。笨蛋，死人還泡什麼澡？從這一刻起，自己最好趕快開始習慣肉身已死的這個事實。

他越飛越高，越飛越輕。

意識卻越見薄弱。他感到渾然的，徹底的散淡與崩離，彷彿雲煙滲透一般，逐漸淡漠而去。他便如此這般縹緲不見了。

恍惚症

本來潘氏還在猶豫的，心中有些發毛，亂央央的不實落。及至聽見街上傳來救護車緊急的笛聲，忽然感覺心裡有個馬達被發動了起來，立刻動作利索，「喀嚓！」一下便了結了這樁心事，然後把棉被朝他身上一扔。他麼，就像上了麻醉藥似的，竟然一點反應都沒有，還繼續沒事人兒似的打著鼾呼呼睡著。

潘氏拎著塑膠袋匆匆下樓，給救護人員開了門，丟下一句：「人在裡面，快去救吧。」便騎上機車，逕自往溪邊去了。

*

儘管羅某不願承認，或者不敢面對，但事實擺明了，這段時間他已經有好幾次都錯以為自己還身在紐約或者洛杉磯，而那種錯認並不只是一時半秒的精神恍惚，而是實實在在一種具體的真實感，真實到讓他當場毫不遲疑便做出當下該有的反應來。

昨天下午，他跟兩個客戶吃完飯一同擠進計程車裡的時候，有可能是那個司機黝黑的皮膚以及類似西班牙裔的五官使然，一時之間他竟直覺自己是在紐約——因為只有紐約的計程車司機才都是外國人——於是很自然便脫口而出「Midtown Broadway」——這乃是他過去上班的地點。說完才發現不對，驚惶中正不知如何更正。不想，卻引得那兩個客戶縱聲大笑：「老羅你可真幽默啊！」

看來這根本不是什麼毛病。本來嘛，這麼遠的距離，距離大到這裡白天那邊是黑夜的程度，但飛機只要區區十多個小時就把人硬是運過來了。不能立即適應才是健康之人該有的反應吧。

他思及剛到那天，下了飛機走出航廈大廳，在眾多人車行李來往之間，突然一股強大的夏日濕潮氣息向他襲來。頓時，將他喚回深埋記憶中早已塵封多年的島嶼氣味與時光。在那一刻，彷彿也只有那一刻，他感到自己身心真正從內至外地活過來了。一邊在心底微笑，一邊快活地抬起鼻子不斷在空中貪婪地嗅聞；不自覺地放慢腳步，甚至幾度閉上眼睛，以便能夠更專注地把這混合著海洋與都市塵囂的濕潤氣息大量儲存進肺葉。

因此拿出手機時很自然便找到老班的電話，立刻撥了過去興奮喊道：「哎……嗨，班吶。是我啦…啊？……」直到想起班不是住火奴魯魯嗎？才突然暗叫不好──唉呀自己怎麼就把台灣跟夏威夷混為一談了呢？

搞不好是因旅行和飛行引起的症狀。

其實真沒什麼好擔憂的，過陣子就會自動消失了吧？就像一些小毛病，不知不覺中復原，等再想起來時，連甚麼時候消失的都記不起來了吧。

此刻，在這間寂寥的酒吧間裡。他獨自一人盤踞酒吧長檯一隅，在那兒猛灌生啤酒。另外一桌，就是角落裡那對算不上太年輕的男女，在那兒已經廝磨了大半日，親一口咬一口的。這會兒，男人的手索性伸到女人裙子底下去了。真是何苦，他忖道，找家賓館不得了。台北甚麼都多，他發現，還就賓館特別多。

這酒吧間的調子實在不行，頭上的那台電視雖然播的也是足球，儘管音量開得再大，仍舊涼不拉嘰，熱不起來。恐怕只有角落裡那對還有點看頭，他們那副隨時都可能幹起來的模樣簡直可以去演A片了。但，對不起，他偏偏對A片沒興趣，根本不屑一看。

「能不能轉個台啊？這足球沒意思啦。」他跟酒保要求。

「不行喔。我們這裡是運動酒吧，一定要播運動節目喲。」

「問題現在有誰在看嘛？那倆傢伙一心只想去打炮。我嘛，還寧可看新聞。」

他其實是在為自己的恍惚症憂心。這架懸吊的大電視，螢幕上播出的美國足球賽，以及這酒吧所有的布置和燈光，直讓他感覺自己還在紐約——就是離他住所不遠的那間酒吧。他得緊咬著自己的嘴唇才不會隨口說出英文來。

講了半天，酒保總算答應了，轉新聞台可以，但不能開放音量，同時還要放饒舌歌才成。「因為我們經理說過⋯⋯」

好啦好啦。他像趕蒼蠅那樣子揮揮手，你要怎樣就怎樣吧。

*

騎著機車的潘氏逐漸放慢了速度，然後她停下來，機車正在一座橋上。她把個東西扔到橋下，看著它掉進河裡，很快就不見了。她沒有絲毫猶豫或憂傷，此刻的感受只是痛快。

接著一轉身，她動作熟練地騎上機車，突突突突開走了。

*

羅某跟他老婆分手半年多以來，他的生活，或者應該說是他的整個世界，雖沒有因此崩塌瓦解，或像很多離婚的人那樣陷入長期的精神苦悶，但離婚的後續事端卻紛擾不斷，疲於應付。這當然都怪自己，可以說完全是自己一手造成的結果。當初，一俟離婚成定局，他立刻做出回台北定居的決定。他倆把紐約的房子賣了，錢分一半，但賣房分產的問題層出不窮。他忿忿然決定這輩子再不做買房置產這類的笨蛋事。什麼家啊房子啊，全是虛的，騙自己的。根本他的宿命就是一個沒有家的人，不要說他自己，連他的父母也是沒有家的。當他們還是少年從大陸逃開的那會兒，就已經失去自己的家鄉了。

「你現在可以再回大陸去住嘛。」他那十二歲，在美國出生長大的兒子非常伶俐地指示他一條明路。

「唔，家不是說有就可以有的。家⋯⋯」他嘗試向兒子解釋：

「家，不只是一個地方。家鄉，故鄉，還要有故人、親戚、整個村莊。甚至幾十代、幾百代，代代都住那裡，一年四季，從元宵到次年的春節⋯」他感覺這些要兒子來理解實在太困難了些，乾脆簡單說吧：「除了家人和親戚，還要有祖宗的墳。有年年不變的傳統習俗，比如過的節，吃的菜⋯」

或許就是這樣，他才決定回台北的吧。畢竟，怎麼說，這都是他出生成長的地方。

酒吧電視的屏幕上出現了嬌小的潘氏。她將摩托車停在橋上，回頭朝鏡頭看了看，她雖戴著機車安全帽，卻遮擋不了那對明媚的大眼睛。她伸手扔了個東西到橋下。忽然，有兩名警察隨她身後入鏡，將她扣上手銬。

「看來現在台灣也越來越像新加坡了，隨手丟個紙屑都要被罰被關。」羅某朝酒保說。酒保的注意力卻仍舊在電視上。羅某不甘心酒保沒反應，遂又大聲對他說：「台灣新聞專門播些雞毛蒜皮的小事！」

酒保這才轉過臉來對著他，嘆著氣，大力地搖著腦袋，十分贊同他的話似的。然後說了一句甚麼。他沒聽清，只怪這該死的饒舌歌實在太大聲了。

「甚麼？」

酒保環著嘴捲起兩手做喇叭狀，朝他又喊了一聲。

這次羅某聽清楚了，他說的是「越南女人」。

羅某繼續盯著螢幕，現在他注意到了，即使這女的戴著機車安全帽，透明壓克力部分露出的兩隻眼睛依舊很顯嫵媚。

羅某忽然驚呼一聲：她不就是我們巷口賣米粉的那個嗎？

這是絕對不會錯的，那雙貓樣大眼，絕不會錯。他對她算是熟悉的，跟她買過幾次米粉。她是越南人？真的嗎？實在讓人同情啊，憑她這等模樣，隨便怎樣應該都可以過上不錯的生活，她靠勞力實實在在的去掙錢，到頭來卻因為一樁不守公德的小事給報上了電視。台灣的媒體真是壞透了。

接著他又胡亂玄想這個那個的，不外乎自己現在已是單身之人，追哪個小姐都沒關係了。加上酒精的作用，這些玄想就更狂野也更加可靠和真實起來。

想到自己國外生活這些年，回來卻又感到像個外來客，於是禁不住對越女說：

其實我同你一樣，也是異鄉人呢。

又想到剛下飛機那種強烈海島濕潤氣息的童年召喚。於是他說：

而且我也跟你一樣，都屬於溫熱島嶼的原住民啊。

越女只管拿那雙明媚的大眼，若有似無地微笑看著他。

待他酒步蹣跚迆迆斜斜地離開酒廊時，心中早已有譜了。想著明後天見著那賣米粉的越女，一定要把握住機會啊。

他在宿醉中醒來，接聽手機時早有預感，果然是兒子。這世界上恐怕也只有他還惦記著自己。

「媽媽要我打電話給你，她說還沒收到你這個月從銀行匯過來的錢。問你匯了沒？如果還沒，要馬上匯。因為我們好多帳單都等著要付。ＯＫ？我網球課馬上開始了，好吧。拜拜。」

他感覺有些失落。可畢竟每日一通的電話就是這樣家常。這個世界真小，小到他彷彿還沒離開紐約似的，兒子或誰的一通電話馬上就可以找到他，講上話。不必敘舊，也不必在乎通話時間的長短。

現在，再也聽不到接線生通過海底電線那個遙遠的聲音了：International call from United States…

說實在的，他還蠻想念過去那種比較真實的距離感。

他打開筆記電腦，先查看郵件，接著瀏覽電子報的新聞。唷，這不是昨天那越女的新聞麼？這種芝麻小事也值得一報再報！立刻，他吃驚地張大眼睛，標題竟然是：少了半截雞雞，看那個女的還愛不愛他？

旁邊還有電視新聞剪輯。畫面上潘女正在橋上，手向橋下拋一物件。字幕是：潘氏向警方示範。

「居住台南鹽水鎮的越南女子潘氏因忿恨男友交往小三將男友去勢後投案」

緣起三天前，潘女撞見翁姓男友與另個女人在房間飲酒作樂，向男友抗議卻被當耳邊風，又從翁母口中得知那女人已不只一次進門，對方還打電話嗆她「你男友已不愛你」。

潘女於是跟翁姓男友的母親警告說：「我要剪掉你兒子的雞雞，這樣對你也有好處。」

潘女事先買一把剪刀藏在皮包裡，凌晨一時多，翁男先吃兩顆安眠藥，找潘女同去外出買毒；潘女供稱，翁跟她拿了三千元買海洛英，施打後已顯得昏昏欲睡。清晨三、四點兩人返家後，翁又吞了兩顆安眠藥，再度施打毒品後沉沉睡去。

天快亮時，潘女見時機成熟決定動手。她先打電話叫救護車，聽到救護車聲音後，迅速拉下翁的內褲剪斷命根子，再神色自若地走出家門。在門口，還跟翁母和救護人員抛下一句「人在裡面，快去救他」，然後騎機車到三分鐘路程遠的到厚生橋中央，把左手拿著的肉塊抛下八掌溪，隨即到鹽水分局派出所自首。

喔，原來昨夜在酒吧看到的，就是這段新聞片。真是要命，怎麼糊塗到完全看走眼！

可隨即一想，畢竟抽去了聲音，效果當然完全不一樣啊。

新聞上說：「被剪斷命根子的翁男因安眠藥及毒品藥效發作，渾然不知大禍已降臨，猶自呼呼大睡，救護人員為他包紮、止血，翁男還鼾聲大作，直到救護人員要搬動他時才悠悠轉醒，掀開棉被赫然發現陽具只剩半截，但他也不見情緒崩潰，還在救護車上打電話給朋友痛罵潘氏心太狠，要朋友來醫院看他。」

「少了半截雞雞，看那個女的還愛不愛他？」潘氏理直氣壯地反駁。據她說自己辛苦工作，男友不僅隨便拿她的錢去買毒，竟然還養小三⋯⋯」

*

說實在的，他還真的非常同情那個潘氏。一個年輕弱女子身在異國，竟然流落到這種境遇。他覺得自己實在應該為她做點甚麼。就在他還沒完全想明白該要怎麼幫她之前，他發現自己已經坐在開往台南的高鐵上了。

下了車，他很順利找到鹽水分局的派出所。

他進去跟值班警員道明來意，直接要求見潘氏。

您說是來幫助她的人。那您是她的律師嗎？

不是。但我可以幫她請律師。對，我這趟來就是準備幫她請律師的。

您是她家屬還是甚麼人？

不是。難道你們一定要找律師來才肯讓我見她嗎？

對啊。如果不是家屬就一定要是律師或檢察官喔。

無奈，他只好悻悻然離去。

就在回轉走出警局的當兒，他似乎聽到身後幾個警員對他的訕笑：這已經不知是第幾個看到新聞找上門來的無聊男子，這越女還真有魅力啊。哈哈……

他又羞又惱，回家灌一頓啤酒後便呼呼大睡。次晨醒來，才發現事有蹊蹺。他不僅找不到高鐵票的存根，上網也查不到信用卡買票的紀錄。

難道，難道這事根本不曾發生？是他的恍惚症又發作了嗎？

*

這兩日各家媒體不停追蹤這事。中午他在餐廳吃飯時，又看到電視的報導。犯案後的潘氏，在警局神態自若、談笑風生。捧著便當大快朵頤時，看到電視上自己的新聞還說「那是我哦！」甚至反問記者：「看我小小一隻，想不到我敢這樣做喔」。

說也奇怪，他一度嚴重罹患的那個恍惚症，就在經歷這一連串的驚人新聞以及種種幻象之後，竟然戛然而止。他突然不再產生似是而非的幻覺了，恍惚症就這樣不治而癒。

現在他不僅非常清楚自己身在台北，更明白巷口賣米粉的女人並非那個越女，也會正常地感到有些恐懼。喔，還好不是，要不然，他可不敢跟她買米粉了。起先，他越想越怕，索性不再光顧那個米粉攤，甚至走過時，都繞個大圈盡量離那攤子遠遠的。

數日後，他發現女人米粉攤的生意比以前更為火紅，似乎沒人有像他這樣的困擾。這才意識到這種無聊的懼怕真是愚昧，完全不像一個受過教育現代人該有的思維。

於是，他決定再去光顧女人的生意，畢竟她賣的米粉雖不是特別大碗，但味道還算地道。

就在付過錢後，他實在按耐不住，瞪著女老闆那對明媚的大眼，忍不住問道：「哎⋯有沒有人說妳長得很像那個⋯」

「越南女人！有啦有啦。」她馬上興奮地大聲嚷嚷起來，看來一點沒有不高興他這個唐突的問題，而且有問有答，她眉飛色舞地說：「你知道嗎，我最近不僅生意好到不行，而且還有人來找我談拍電影哩——對啊對啊，就是演那個剪掉男友的⋯越南女人啊。」

他一陣恍惚，感覺手裡那包熱呼呼的米粉塑膠袋有些可疑。不，是非常可疑。他繼續走了幾步，越想越不對勁，顧不上是否有人注意，也來不及去找垃圾桶，「砰」一下便將袋子丟棄到路邊。

他感覺這一切荒謬得如同一個夢境，但明明又真實得可以。這不？腳底的每一步都實實落落，這不證明地心引力還正確地起著作用麼？

但那又怎樣？他反駁著自己：做夢一樣可以有地心引力啊。

新住民女兒日記

車窗外的稻田猶如一片黃沙起伏。她呼吸著微風吹來的稻穗氣息，在即將睡著的視線中，太陽下的稻穗和藍天彷彿兩條跟著公車奔跑的綢帶，隨著空氣的流動上下浮游搖擺。

閉上眼，車子的顛簸震動以及持續鑽進鼻孔的汽油味，某一瞬間，讓她錯以為自己還在高雄。

都過去了。十幾年在台灣度過的難堪歲月像一個再熟不過的老友，一個熟悉她所有經歷和故事的老友，站在橋的那一端，與她道別。

*

惠眉回到越南已經快三年了，這期間她一次都沒回去過台灣。跟兩個女兒都是靠 Line 聯絡。起碼視訊上看起來她們還挺好的，無論吃的穿的都過得去，學校功課也能跟得上。升上國二的大滴已經有大女孩的模樣，小滴也快十一歲了。平常除了上學她們都有在幫忙家事，洗碗洗衣整理房子做簡單飯菜甚麼的。要不然她前夫一個人白天賺錢養家回來還要照顧倆孩子根本就不可能。有時想到女兒她也會心酸，三年前一離婚她馬上就回越南，把兩個孩子留給前夫多少有些報復的心。沒了她，看他要怎麼照管兩個？現在看來他們一樣過得挺好，前夫對孩子還算負責，最要緊的是沒再娶個壞後媽回來虐待女兒。光看在這一點上，她已經不再憎恨他過去對她的那些家暴打罵。

唉，都過去了。人生的路不管多難多苦，過了就是過了，只要能活下來，過去的一切包括留下的傷痕早晚都會被撫平淡忘。

最近惠眉心裡一直叨唸著要不要回高雄一趟，不知怎地她有些不放心兩個女兒，雖說跟著爸爸一切都很穩定，但這一年半載以來，她卻隱隱感到女兒跟她似乎有些隔閡。或者是因為孩子長大了，不再像小時那樣有啥說啥，也或許是自己不在她們身邊，以致變得有些敏感。

無巧不巧，剛好有幾個相熟的姊妹正商量著想趁這次大選回去，說只要回去投票，機票住宿甚麼都有優待喔。惠眉是有台灣身分的，何不趁這個機會回去看看女兒？這倒不失為一個好辦法。女兒這半年來問過幾次她是否要回來，看來孩子想她了。畢竟是自己的骨肉，即使分開這些年，跟她還是一樣親。想到此，她的心突突一軟。

真的這麼好？機票住宿都有優惠喔？但我不知道票要投給誰啊。

露西說：妳管那麼多，先回去了再說。看哪個候選人比較帥，或者送的小禮物比較實惠，就選哪個啊。

對啦，還有就是看哪個政見有對我們比較有利啊。

你們里長一定會來找你的啦。

最討厭那個老傢伙，他每次都叫我要投誰投誰，一定喔！我都說好好好，結果偏偏就選其他的。不管蓋哪一個，反正就不是他要我蓋的那一個。

還有以前我那個老公。說：妳知道要投誰噢？蓋那個戴眼鏡的就對了，千萬不要弄錯，妳投錯回來我揍妳。

我就說：好啦我會蓋他啦。那你要給我多少錢？

趁機敲詐他一筆！

這叫做買票，大姐。犯法的耶。

哈哈哈哈…

幾個女人興高采烈聚在街邊露天小吃攤上。大家都因快要回台灣而興奮著。

不到兩周，她們又結夥去了堤岸市場邊上的碼頭巷，給台灣的孩子親戚們購置一堆禮品衣物。就這樣，在她還沒來得及想清楚回到台灣自己和女兒該怎麼好好安排節目之前，已經坐在飛往高雄的飛機上了。

*

老爸洗完澡出來，大湳和小湳正在廚房張羅著把晚飯端上桌。是老爸從自助餐店買來的滷雞腿，肉末豆腐，炒空心菜，還有一大包紫菜蛋花湯。

哇湯好燙啊。

我來啦。

大湳接過小湳手裡的塑膠袋。兩姊妹情緒都有些跳脫，廚房小小的空間裡瀰漫著幸福的興奮。

最討厭這種塑膠袋裝的湯了。又燙又滑，而且幹嘛要裝這麼一大袋？因為免錢啊。大滴技巧地將繫繩解開，裡面的熱湯便像決堤的河水一般注入大碗。

餐桌上，小滴忍不住脫口而出：

媽媽要回來了！

蛤？

對啊。媽媽就要回來了！

兩個女孩臉上滿是笑意，不只如此，簡直發著光。

老爸問：甚麼時候？

下星期。她說有地方住，她住旅館！

老爸不再說甚麼了。他把半盤肉末豆腐倒進自己的碗裡，並且灑上一堆紅通通的是拉差辣椒醬，開始大口吃起來。

我們可不可以去旅館跟媽媽住？小滴問。

老爸睨了大滴一眼：你不准去。

為甚麼？

老爸將筷子往桌上一拍。

她一回來你們全都跑光光，當初離婚把妳們統統丟給我，現在好意思回來把人都帶走？

就幾天而已啊。大湳低聲辯駁。她怕惹怒老爸，這事更不好說了。

還幾天呢，我跟妳說，

他對準了大湳，眼光帶著警告：半天也不行。

他看女兒沒答腔。

聽到沒？

大湳低聲說：知道了。

*

社區的活動中心正在舉辦一場「新住民姊妹會模擬投票活動」。場子裡十分熱鬧，包括惠眉這群剛回到台灣準備投票的姊妹，以及附近她認識和不認識的新住民婦女幾乎全到齊了，不下一兩百人。一堆義工，還有官員到場致詞，甚至做了一個模仿投票的圈票區，連票匭都搬來了，來教她們如何蓋章，如何投票。其實這套流程惠眉並不陌生，幾年前她就投過一回，本來實在不想來的，她一心只想著跟女兒碰面。

但是一同回來的露西說，只要有拿旅行優惠回國的人，都得來參加。聽說這樣的選舉活動有好幾場，還包括兩場造勢。

全都要去喔，一場也不能少！造勢場是有遊覽車接送的。露西說：還有便當，聽說是雙主菜喔，但很耗時間就是了。

對方皺起眉頭，一臉的不情願：坐在那裡好幾個小時，如果是外縣市，一去就要一整天哪。

ㄚㄚ說：但是有歌星表演欸。還好啦，只是不到最後站起來喊完「凍蒜」不能走喔。

哦，原來優惠機票住宿可不是白吃的午餐。惠眉暗忖，看來自己這不到兩周的行程，有好幾天要花在選舉活動上。她一心惦記著跟女兒見面，從昨天回台至今尚未見到孩子，現在還不知要困在這裡多久，她答應晚上要帶她們出去吃飯的。

這時候一個領導樣子的人上台致詞，司儀介紹說他是內政部次長甚麼的。這傢伙一上來就告訴大家，這次有三張票要投，一張總統票，一張是政黨票，還有一張是你們地區的立委票。

他說：這次有不少小黨參加。接著一副非常理所當然的樣子，說：但是，政黨票投給小黨根本就是浪費選票！我建議各位姊妹們，政黨票就投現在執政的政黨。大家知道是哪個政黨嗎？

觀眾高聲回答。

對啦！

另外，總統票一定投三號。只要看到我們現任總統就蓋下去！對，三號，蓋下去！

如果蓋到別人，沒關係，那就多蓋幾個章，讓它變廢票就好！

好聰明！旁邊幾個志工讚不絕口，熱烈拍手。底下觀眾也是一陣掌聲，大家的情緒都很高昂。她們這一排姊妹個個鼓掌不落人後。她本來是不想拍手的，覺得這傢伙太離譜，膽子未免也太大了，怎能直接告訴她們投誰投哪個政黨？要投誰不是應該她們自己來決定的嗎？豈有此理！但是既然已經來了，她不好意思，也只有跟著拍了幾下。

她拽拽旁邊露西的袖子，說自己非要先走一步不可。她是想早老陳一步回去先把孩子帶出來，免得老傢伙找她們的麻煩。離婚都已經三年了，但她可不認為前夫乖戾的脾氣有那麼容易改變，特別是針對跟她有關的事情。

*

大滴小滴回來的時候已經快十點了。老爸在那裡喝啤酒，嚼花生米。

爸，你吃過了嗎？

嗯。

你晚上吃甚麼？

吃麵。

她們的確滿訝異的，她們出去那麼久老爸竟然沒發脾氣，大概事先有打電話跟他報備的緣故吧。

小滴把媽媽買給她衣服玩偶等一股腦統統倒在床上，人整個撲到上面，雙臂張開，將臉埋在衣物裡。大滴看見她腮邊掩不住的笑容。

大湳坐在床邊，在燈下寫日記。她寫得很入神，連小湳甚麼時候將禮物整理好漱洗完畢上床睡去，她都沒有察覺。

今天媽媽回來，快三年沒見，她變瘦也變漂亮了，看起來更加年輕。我猜她過得不錯，起碼心情上是愉快的。她說回越南後一直在打工，希望能買一棟像樣的房子給外公外婆舅舅他們住。我想問她甚麼時候可以賺夠錢買房子，是不是買到房子以後就可以回台灣了？但不知為甚麼，卻開不了口。或許我知道，媽媽現在也沒答案吧。

媽媽帶我們去一間牛排專門賣店吃晚餐，是自助式。這還是我和小湳第一次吃牛排，很香，肉很多。這也是我們第一次吃生菜沙拉，超棒的。飯後還有好幾種口味的冰淇淋和紅豆珍珠奶茶，把我們撐好脹。媽媽說她回去以前可以再帶我們來。

只是都忙著吃東西，沒時間好好講話。我有好多話要跟媽媽說。可是卻不知道要從哪裡講起。

她寫完，將本子嚴密收好。掀開些微的布簾，偷瞥一眼在外間看電視的老爸。發現他已倒臥在沙發上睡著了。即使電視開著，還是掩蓋不了他轟隆的鼾聲。

*

中間只停三站，會直接開到台南，很快的啦。小姊妹們相互告知。

露西、丫丫等一行人上了遊覽車。

惠眉走在最後，結果落了單，沒能同她們坐在一起。

這時上來一個大個子的男人，面色黝黑，但還蠻有禮貌，問了句：我坐這裡可以嗎？

落坐之後，男人便與她交談起來。惠眉本想向他打聽一些關於這次選舉和候選人的資訊，比如有沒有對她們新住民有利的政見之類。畢竟，自己是回來投票的嘛。但這傢伙對選舉似乎毫不關心，一問三不知，而且還有點怕人知道他政治傾向的意思，講起話來遮遮掩掩的。

惠眉問他：

我對這些候選人都不熟，也不曉得要不要支持現在的執政黨。上次我有投他們。啊你呢？

我噢，應該算是中間選民吧。

中間選民是怎樣？

不怎樣啊。

啊不怎樣是怎樣？

就現在還沒決定啊。還早嘛。

其實這也不能怪他，在這個島上，只要不同政治派別就被視為異己，你要出聲便把你當成仇敵般仇視謾罵。為此很多人不敢公開自己的政治傾向，無非是怕在工作或社交上受到不必要的牽連。

只是，男子得知她是從越南來台探親後，立即感起興趣來，說：

我以前也交過一個越南女朋友欸。啊，其實也不能算甚麼女友，是人家介紹的。

接著他又說，自己開計程車為業，今天剛好車子租給朋友開，他沒事，就來參加造勢。

「反正一個人在家也是無聊。」原來男子還未婚。他說自己快五十了。惠眉心想：倒是看不出來。

你知道嗎？那個越南女生跟我在一起的時候，晚上一直在跟一個男的打電話。講好久好久，一直講。對啊。我也不知道她為甚麼這樣？

那她為甚麼還要同你一起？

對哦⋯。他靜默一會，說：我猜的啦，她是想要我的錢。

男子又說，他相信自己的緣分還沒到。如果兩人都中意對方，特別是女方若中意，很容易就在一起了。要不然就算在一起也會很勉強。

就這樣，她在男子囉囉嗦嗦的話語中睡著了。

她感覺自己的意識漂浮，彷彿沖進一條河流，載浮載沉，最終沉到水底。她朦朧朧想著：是時差吧？

不知過了多久，男子將她叫醒。到了。

她從水底逐漸上升，浮出水面。終於醒來。

她跟著大家魚貫下車。下車階時步履稍有不穩，男子伸手扶了她一把。她朝他微笑著道了聲謝。

男人說：你笑起來很好看喔。

接著又問：你有男朋友嗎？

嗳。惠眉又抿嘴笑了一下。

男人不再說話了。

哇，這場面的確不小。遊覽車少說有幾十輛，各處打著超亮的大燈，旗幟彩帶飄揚，一排排各色各樣的攤販和湧動的人群。這還是惠眉頭一次來選舉造勢，她好奇地東張西望，發現場地大得令人咋舌。

這時露西、丫丫等一行人突然向她蜂湧而來，大家的情緒都有些亢奮。

大概有多少人來？

最少四、五萬吧，多的話十萬八萬都有可能。很多人沒事一天到晚都在跑造勢，不管候選人是誰，他們都會去。

有吃的又熱鬧，還可以聽歌，喊口號，爽啊。

剛開始她們在音響放送的樂聲中勉強還能扯著喉嚨大聲說話，後來台上開始講話了，喇叭聲大到不行，根本無法聽清對方在講甚麼。還好這時便當來了，彼此打開便當評論起來：果然是雙主菜耶。雞排加滷肉，有一樣青菜一道小菜，很不錯哩。

台上演講到一段落。果然有歌星來，還不只一個，唱作表演都不錯。怪不得，有人趕造勢像趕廟會一樣。

這沒比追星音樂會差到哪裡去哦！她朝露西大聲說。

高亢的歌聲迴盪在夜風中，風裡同時飄送著食物的味道。這時她才想起車上的男子，不知何時不見了。

她掛心大滴小滴，不知她們現在做甚麼？拿起手機用 Line 傳訊給女兒。在夜風中，她等待著她們的回覆。

南台灣即使夜裡也非常暖和，這個住過十多年的地方她曾經義無反顧地離開過。然而，她卻感覺今夜異常溫柔，即使方才耳際是吵雜無比的喇叭以及聲嘶力竭的叫喊。此刻的歌聲，眼前的燈光與人影幢幢，卻帶給她一種回家的感覺。

*

大滴寫完日記。捻熄了燈，躺上床。她側過身將被單捲起，身體蜷縮著，手探到枕頭底下，這才閉上眼，安心睡去。

次日一早，大湳起來燒好一鍋稀飯。老爸從巷口買來包子和蛋餅。他們三人匆匆吃完早飯。

小湳說：爸……

大湳趕緊跟她使了個眼色。

老爸似乎沒有聽到，也沒多問，便騎著機車上班去了。

她跟小湳說等下午再給老爸打電話說要去媽媽那裡吧。

大湳照原訂的計畫，沒去學校。對面走來的同學看她的眼光很是好奇，為甚麼身穿同樣制服的她要往學校相反的方向去呢？她走了很長一段路，才到媽媽住的旅館。

大湳到旅館的時候，惠眉還沒起床。她在房內看了一會啞巴電視，又看了一會書。逃學的感覺好奇怪，她一直不停地看錶，不斷想這時候學校該上甚麼課了。快十一點的時候，媽媽終於醒來。說昨晚造勢回來後倒頭就睡，算算應該睡了整整十二個鐘頭吧，真舒服！

惠眉吃完女兒帶給她的豆漿和三明治後，大湳把寫好的請假單拿出來，要媽媽幫她簽字。

這時惠眉看著身穿制服的女兒，才突然明白大湳今天沒有去上學。

為甚麼逃學？

因為，因為⋯⋯。大湳結結巴巴的。

惠眉想起，大湳從小每遇嚴重事時，就變得不知怎樣開口。這孩子從來都是這樣。

大湳低下眼皮：不曉得要怎麼講。

她拿出自己的日記，翻開扉頁給媽媽看。有好些中國字惠眉都不認得，她吃力地讀著。

突然，惠眉看懂了。她完全明白是怎麼一回事了。

惠眉抬起臉來，看著眼前這個猶如一朵新芽般的十四歲女兒，只覺自己眼前的世界驟然變了色，電視畫面扭曲、醜陋不堪。憤怒和悲傷的雙向夾擊有如颶風般讓她完全無能招架。她大口喘著氣，嘶聲喊叫起來：

你為甚麼不反抗？啊？為甚麼？

為了家，我只好忍。大湳流著淚。她吞吞吐吐地說，爸爸多次觸碰她。摸不該摸的地方⋯⋯

你反抗啊。去到派出所叫警察來啊。

我怕。我怕爸爸，怕會出事⋯⋯

大湳不停地流著眼淚。因一時找不著面紙，她突然趴下頭去，將臉埋在自己的雙手中。

惠眉拿來面紙，將趴伏著抽搐的女兒扶起，大湳索性哭倒在媽媽身上。

她才只有十四歲，就要獨自承受這樣大的壓力和侵害⋯⋯

想至此，惠眉哽咽了。

*

惠眉坐在屋中等待。她在怒火和緊張中一遍遍鋪陳如何跟那個該槍斃的禽獸對質。她猜到他極可能會否認。或許他會說女兒將情況講得誇張了，「就是不小心碰到她而已嘛，就只是這樣啊。」「但女兒日記上白底黑字寫得清清楚楚，連每次的日期都記下了，你還有甚麼臉說？」

她想到過去他為了切西瓜或買錯醬油牌子那樣的小事而對她大發雷霆甚至動

手，晚上照樣逼她行房。當著他親戚的面講她如何如何，是當她聽不懂還是聾子？

她跟自己說，跟這種無恥之徒有甚麼道理可講？根本一上來劈頭罵就對了：「禽獸不如的東西！對自己親生女兒下手。我去叫警察來把你抓去關！這輩子你就別想再看到她們！」她越想越氣，氣得直打哆嗦，一面告訴自己非堅強不可。

前夫一到家，機車還沒停好，她準備要責問他的話一句都還沒機會說出口，沒想到自己已經像一條獵犬般迅速竄上，用盡全身力氣暴甩他耳光。

下流東西！畜生！她嘶吼。

前夫心下立刻明白了，嘴裡一面嚷嚷「賤逼臭婆娘」同時不甘示弱地與她扭打起來。兩個等在那裡的管區警員趕緊趨前試圖拉開兩人。

在警局裡，大湳拿出日記本，翻開扉頁讓問話的女警閱讀：

二〇一八年十一月十一日

爸爸第一次對我那樣。當天晚上，爸爸把手伸進我的上衣內並撫摸胸部、奶頭。我覺得非常厭惡、可怕和噁心。但我不敢動，全程都沒有人說話。為了不破壞家庭和諧，我決定當作沒發生。而且因為爸爸是家中經濟支柱，我決定隱忍下來。只能將所發生的一切寫在日記上，而且經常需要放一把美工刀在口袋才能安心。

她告訴警察，父親在隔年夏天再犯，趁她睡覺時將棉被掀開並撫摸下體。

二〇一九年六月底期末考結束後，爸爸以上次手法再度侵犯我，甚至用下體隔著內褲摩擦我下面，我差點就崩潰。

我覺得如果我不在這個世界上就不會發生這種事情了。最近常常出現了想死的念頭，感覺很多事不順心，連睡覺的時候——特別是睡覺的時候，需要放一把美工刀在枕頭下面才能安心。

第四次則是在二〇一九年八月二十八日接近開學日。日記上寫道：

爸爸又再次侵犯我了。這樣一次次發生，我好害怕他終會要強暴我。他會嗎？還只是止於這種噁心的侵犯而已？他到底想怎樣？到時我會為了自衛而做出甚麼可怕的事來嗎？我真的好痛苦。希望父親不要再對我做這些事了。

警察同時也訊問了大湳的父親，他支吾其詞不承認也不否認。警察說，那你就到法庭讓法官去判好了。案子隨後移交地檢署。

*

露西、丫丫等跑來告訴惠眉，因為她沒去投票所以機票住宿的優惠都沒了。他們要你補繳全額。哎呀，你為甚麼不去投票呢？

家裡出了事。很大條的事。

她無法告訴她們出了那樣的事。她不想為了保留優惠而去辦理甚麼申辯，他們肯定要她說出具體的事情和理由來的。不，她絕不，為了那點優惠而把家醜張揚出去。

到底是甚麼事？要補繳耶，也是不少的錢哪。露西和丫丫來來回回重複著同樣的話。

隨便吧。她對這個世界已經徹底無望。

接下去，惠眉把機票無限延了期。她自己和大湳小湳都在社工的安排下住到庇護所去。不管越南那邊的工作再怎麼急迫，她還是需要待一段時間再走。歷經這樣的事故，儘管她內心也是忐忑的，但女兒需要她，她必須成為她們安定的力量，她要看著孩子一切都穩定下來。或許等前夫的刑期判下來，確定他要被抓去關了，她再做回越南的打算？但也許為了女兒，她只能繼續留在台灣。

也只有這樣了。她想。

她定定看著光燦太陽下的人來人往，穿過耳際的各種吵雜聲響，告訴自己這一切都會成為過去，就像以前的那些坎坷歲月。只要能生存下來，只要生存⋯⋯對了，那句話是怎麼說的來著？

只要能活下來，就沒有過不去的坎。對。好像就是這麼說的。

後記：

彼時，有兩則發生在台灣的新聞。一個是富爭議性的選舉新聞：執政黨任命的內政部次長直接告訴新住民婦女要如何投票支持執政黨候選人。當時曾被反對黨大肆抨擊，但很快的，就被接二連三其他的選舉新聞掩蓋過去。選舉過後，不再有人提起，好像不曾發生過一樣。或許要等到下次選舉，類似性質的事再次發生時，人們才會幡然記起，再度大肆抨擊。如此周而復始。

另外一樁是差不多同時間的社會新聞，發生在一個離異的新住民婦女家庭裡。其實，這樣的事在社會上層出不窮，不只是台灣社會，國外也一樣，沒多久便會有一條這樣的新聞爆出來，大多數遠比這個更令人髮指。但是不知怎的，不管在哪個社會哪個國度，這種事令人束手無策，幾乎沒有絲毫辦法杜絕它在家庭中持續的發生。於是，它不停地在媒體上出現，並持續驚擾我們的生活、腦海和內心。

文學叢書 702

被沒收的地球儀

作　　者　裴在美
總 編 輯　初安民
責任編輯　陳健瑜
美術編輯　陳淑美
校　　對　孫家琦　陳健瑜　裴在美

發 行 人　張書銘
出　　版　INK 印刻文學生活雜誌出版股份有限公司
新北市中和區建一路249號8樓
電話：02-22281626
傳真：02-22281598
e-mail：ink.book@msa.hinet.net
網　　址　舒讀網www.inksudu.com.tw

法律顧問　巨鼎博達法律事務所
施竣中律師
總 代 理　成陽出版股份有限公司
電話：03-3589000（代表號）
傳真：03-3556521
郵政劃撥　19785090　印刻文學生活雜誌出版股份有限公司
印　　刷　海王印刷事業股份有限公司

港澳總經銷　泛華發行代理有限公司
地　　址　香港新界將軍澳工業邨駿昌街7號2樓
電　　話　852-2798-2220
傳　　真　852-2796-5471
網　　址　www.gccd.com.hk

出版日期　2023年 4 月　初版
ISBN　978-986-387-639-7
定價　330元

國家圖書館出版品預行編目(CIP)資料

被沒收的地球儀／裴在美 著.
--初版. --新北市中和區：INK印刻文學，2023. 04
面； 14.8 × 21公分. --（文學叢書：702）
ISBN　978-986-387-639-7（平裝）

863.57　　112000653

舒讀網